灭罪者

SINISTER NEMESIS

鲁奇 著

天津出版传媒集团

天津人民出版社

图书在版编目（ＣＩＰ）数据

灭罪者 / 鲁奇著 . —— 天津 : 天津人民出版社，
2019.5
ISBN 978-7-201-14536-5

Ⅰ . ①灭… Ⅱ . ①鲁… Ⅲ . ①侦探小说 – 中国 – 当代
Ⅳ . ① I247.5

中国版本图书馆 CIP 数据核字 (2019) 第 060669 号

灭罪者
MIEZUI ZHE

鲁 奇 著

出　　版	天津人民出版社
出 版 人	刘　庆
地　　址	天津市和平区西康路 35 号康岳大厦
邮政编码	300051
邮购电话	（022）2332469
网　　址	http://www.tjrmcbs.com
电子信箱	tjrmcbs@123.com

责任编辑	章　祯
封面设计	王　鑫

制版印刷	涿州汇美亿浓印刷有限公司
经　　销	新华书店
开　　本	620×889 毫米　　1/16
印　　张	15
字　　数	101 千字
版次印次	2019 年 5 月第 1 版　　2019 年 5 月第 1 次印刷
定　　价	59.00 元

目 录

引　子　遗　失　　　　　　...001

第一章　滴血的头颅　　　　...007

第二章　鬼剃头　　　　　　...016

第三章　漫天飞舞的头发　　...020

第四章　午夜的尖叫　　　　...025

第五章　两个秃头女孩儿　　...028

第六章　雨夜的魂灵　　　　...035

第七章　谁是真凶　　　　　...037

第八章　龙镇探密　　　　　...043

第九章　身陷火海　　　　　...050

第十章　在劫难逃　　　　　...054

第十一章　暗室藏尸　　　　　　...058

第十二章　追踪幽灵　　　　　　...062

第十三章　水里伸出惨白的手　　...074

第十四章　神秘的符号　　　　　...080

第十五章　狩猎游戏　　　　　　...086

第十六章　播放器的真相　　　　...091

第十七章　恐怖的预兆　　　　　...099

第十八章　幕布里的女孩儿尸体　...105

第十九章　迷　雾　　　　　　　...111

第二十章　学校大礼堂闹鬼了　　...121

第二十一章　失踪幼童的父亲　　...126

第二十二章　复活的她为你点歌　...133

第二十三章　魔鬼的名单　　　　...142

第二十四章　她被吸进去了？　　...149

第二十五章　怪异的手机　　　...157

第二十六章　鬼一样的女生　　...161

第二十七章　他又回来了　　　...166

第二十八章　镜子后面的人　　...173

第二十九章　伤　疤　　　　　...179

第 三 十 章　回来的人不是她　...186

第三十一章　地下水牢　　　　...189

第三十二章　洞　穴　　　　　...198

第三十三章　仇恨的眼睛　　　...203

第三十四章　破　译　　　　　...209

第三十五章　坠　落　　　　　...218

第三十六章　27　　　　　　　...223

第三十七章　报　应　　　　　...231

第三十八章　胸前的标志　　　...232

引　子　遗　失

余桐的学生证丢了，丢得莫名其妙，好像是被人故意偷走的。

他翻遍了所有地方，都没有找到。

他平时是不怎么用学生证的，只是假期去沈阳和广州用了两次，之后就一直放在寝室里，可是怎么无缘无故地丢了呢？

最后，他放弃了，他期望着有一天，那个小本本会自己冒出来。

此刻，他正坐在理发店的椅子上，望着街对面的其他理发店发呆。

他感觉这些理发店很奇怪，这样一条狭窄的小街开这么多理发店，会赚钱吗？难道只是因为靠近学校，招徕学生顾客这么简单？

他对这些小店很排斥，尽管以前江珂曾经说过，这条街上的理发店手艺很好，他却不予理睬，依然会去远在江边的那家发艺，也许是因为自己是那里的老顾客，习惯了理发师的手艺，信任他，认为只有这个理发师才不会出错。所以，他两年来一直没有改变过理发的地方。

人往往习惯了什么，就会产生信赖、依赖的感觉，非他莫属。

这种习惯的感觉就像爱一个人，如果你一旦爱上了什么人，就总想和他在一起，做什么事都要拉上他。

顾美对余桐的爱亦是如此，每次顾美做头发都要拉上他，不管他当时是在图书馆还是在学校的寝室里睡大觉，她都要把他叫起来，比如这次。

他百无聊赖地看着镜子中的顾美，她很漂亮也很调皮，边做头发边对他挤眉弄眼，对他进行公然的挑衅。他对她的挑衅无动于衷，依然一副苦瓜脸。

理发店里只有三个人，余桐、顾美和理发师，冷冷清清的。

现在已是下午五点，黄昏的夕阳渐渐从天边隐去，抬起头，余桐看到了店门上方的一缕暗红的阳光，不一会儿，那缕红色的阳光也消失不见了。

理发师是个三十多岁的中年男子，个子很高，偏瘦，梳一个马尾巴头发，束头发的那个黑色的东西不知道是什么，看起来脏兮兮的。

他对长发男子总是没有什么好感。他之所以留意起这个长发理发师来，是因为他想从长发男子身上找出他梳长发的理由，也就是找到可以称得上是美的东西。

可是他失败了，理发师那漆黑似乎又带点油腻的头发与他那暗红色的皮肤、参差不齐的胡须显得极不相称，简直是令人作呕。

理发师的话很少，顾美偶尔会提几句关于头发的意见，他也只是点点头，随后，迅速操起刀剪去修理顾美所指之处。

理发师的嘴唯一的用处似乎只有喝水了，顾美身旁的椅子上放着一瓶矿泉水，弄一会儿头发，理发师就要喝一次水，好像他这个人就是水做的，不喝水就活不了一样。

这样一来，理发店里的气氛显得很沉闷、压抑，令人窒息。

过了一会儿，从门外进来了一个女孩儿，风风火火的，把理发店的地板踩得"吱吱"直响。

他当时是低头，闭着眼睛昏昏欲睡，只闻其声，未见其人。

没想到，女孩儿竟然首先开口了："余桐，你别装作不认识我哦！"

他睁开眼睛，看到的是伸到自己面前一双白白净净的手，手掌心对着自己，有点儿气愤，太没有礼貌了。可是一看到女孩儿的脸，他呆住了，这不是罗亦然吗？

这个罗亦然是外语系有名的美女，和他是补习班的同学，而且还是同桌。她是个顶极电影迷，总是喜欢收集一些外国经典碟片，并且热衷于通宵看电影。他在与罗亦然同桌期间总以与美女毗邻而自豪，沾沾自喜。可是，后来，当两个人开始逐渐熟悉，对于电影艺术无话不谈的情况下，他向她透露了自己在学校中代卖电影票身份，为了让罗亦然相信自己的话，还掏出了几张电影票向她炫耀。从此，罗亦然便开始千方百计地偷取他随身携带的电影票，特别是在补习班上，每当他进入梦乡之时，罗亦然便把罪恶的黑手伸向了他的书包……

前不久，罗亦然的男朋友全家搬到了南方，他的男朋友也向她提出了分手。

失恋后的罗亦然变得很孤僻，她总是喜欢去学校的楼上看星星，而且隔三岔五就去看通宵电影，以弥补失恋给她带来的伤痛。因此，她总是缠着余桐要通宵电影票。可是，他担心她看通宵电影会有危险，所以，一直躲着她，没想到，今天居然在理发店里碰到了。

罗亦然伸着手，站到他的面前，看来不给她电影票，她的手就会一直停留在空中了。

罗亦然看他无动于衷，便走到顾美跟前，说："小美，帮我说句好话，这部美国大片是我一个月前就想看的，只是一直没有机会。"

顾美住在罗亦然寝室的隔壁，她们平时很熟，可以说是好朋友。

顾美是个心软的人，面对罗亦然的苦苦哀求，她很痛快地把手伸进牛仔裤的兜里，掏出了一张电影票递给了罗亦然。

他看到罗亦然握着电影票得意扬扬的样子，心猛地一沉，有一种不祥的预感瞬间掠过他的心头，那感觉真实而恐怖，告诉他罗亦然不应该去看这场电影。

他突然从椅子上站了起来，想说什么去阻止罗亦然去看这场电影，话到嘴边又咽了回去。

就在他站起来的刹那，他听到了"啪"的一声脆响，理发师的刀子掉在地上了。

理发师好像走了神一样，愣了一下，然后，慌忙地捡起了掉在地上的刀子，匆匆忙忙擦了擦。余桐从理发师的脸上察觉到一种微妙的慌乱，他似乎在有意隐瞒着什么？

余桐和顾美给理发师付钱的时候，罗亦然已经微笑着坐到了顾美原来的位置上，她用双手捋了一下乌黑的长发，对着镜子说："简单打薄一下。"

外面刮起了秋风，几片灰绿色的树叶被吹了进来，孤独地落在理发店的地板上。

他和顾美踩过那几片树叶走出了理发店。当他站在街上时，他回头向后望了望，透过理发店的玻璃窗看到了理发师拿着刀在罗亦然身边走动的身影，那身影感觉轻飘飘的，在那轻飘飘的身影旁可以看到罗亦然脸的侧面，她微笑着坐在那里，他的心却不知不觉悬了起来，一种惊悸和不安从他的心头轻轻掠过，像一缕乌黑的头发，瞬间幻灭。

天黑了，余桐和顾美走在通往学校的那条小街上，他问顾美："那张票为什么要给她，你不是准备和我一起去的吗？"

"你知道那是个什么样的通宵电影吗？"顾美说完呷了一口绿茶。

这个通宵电影是什么内容呢？突然间，他发现原来自己连这部电影的名字都不知道，他上次去影院拿票的时候根本就没有留意片名，难道这部电影有问题吗？他急忙问顾美："那是部什么电影？"

"恐怖电影！传说很吓人的，有人曾经看完此片后被吓死了。"顾美双眼瞪得圆圆的，双手死掐着他的胳膊，"还有，我认为看过恐怖电影的人也许会遇到可怕的事情。"

"什么可怕的事情？"

"我也不知道，只是直觉而已，其实我就是对恐怖电影没有兴趣。"顾美把绿茶的瓶子扔进了垃圾筒，却听不到一点儿声音。

四周很安静，通过学校西门的时候，余桐看到倪风和杨老师正在下棋，值班室的墙上挂着一把黄色的小号。倪风的神情很专注，手握棋子不知放在哪里，两天前摔伤腿的伤痛在他的脸上已消失殆尽，他很坚强。他是一个认真且难缠的人，和他下棋千万别赢；如果赢了他，那你就要一直陪他玩下去了，他不赢你是不会罢休的。

从学校西门到寝室楼，顾美一句话也没有说，他也没有说。

余桐看着顾美走进人头攒动的女生宿舍，才独自离开，抬起头，深蓝的天空中挂满了繁星，他又想起了顾美的话：可怕的事情！

究竟会有什么可怕的事情发生呢？还有那张电影票，罗亦然如果真的去看了那场电影，她敢在电影散场后独自回学校吗？即使她硬着头皮在第二天空无一人的街道上走过，就不会遇到什么吗？他想到这里，心情突然复杂起来，有点儿忐忑不安。

直至他躺在寝室的床上，准备入睡时，仍然想着罗亦然和那张恐怖电影票，对顾美那句莫名其妙的话念念不忘：会有可怕的事情发生！

第一章　滴血的头颅

余桐是被那时断时续的小号声吵醒的，那小号声没有音调，很难听，简直可以称为噪声，他知道，这又是早起的倪风在叫他起床了。

睁开眼睛，一缕温暖灿烂的晨光投射到他的床头，清爽的空气从窗外飘了进来，他忽然想起来今天是周末，要去补习班、和顾美逛书店……一大堆的事情，蜡笔小新挂钟已经叫了七声了。

他边在心里骂自己边起床洗漱，温暖的阳光在寝室的墙壁上缓缓爬行，圆形鱼缸里的金鱼在阳光下显得金光灿灿。在学校里真好，每天早晨都可以听到倪风那跑调的小号声，他总是那么执着，有点儿神经质。

在洗手间洗完脸后，他站在走廊里，突然发现走廊尽头的那扇门竟然开着。

那里是阳台，可是门怎么会开着呢？难道是昨天哪对情侣在那里聊天儿才忘记关上门？

那个阳台很大，有十几米长，对着阳台的有四五个窗子。只要打开窗子，向外迈出一步就可以到达阳台了，所以，去那里偷偷约会的情侣很多。

他径直走向阳台，推开门，空气无比清新，伸个懒腰，已经听不到倪风的小号声了，校园里静悄悄的，操场里基本上没有什么人走动。

他站了一会儿，忽然觉得脚下凉飕飕的，他低下头，发现自己穿的是拖鞋。

就在他低头看拖鞋的一瞬间，他惊呆了，他看到脚下的水泥板竟然是暗红一片，中间的一块很大，有一只篮球直径那么大面积，其余的是很小的几滴，这会是什么呢？他一边猜一边慢慢蹲下，用手轻轻去触摸着那红色的地面。

他想，会是油漆吗？

他用手指抚过那红色的表面时，手指上竟然粘上了那暗红而黏稠的东西，还带有血腥味，这不是血吗？

他惶恐地望了望四周，这里怎么会有血呢？

天空中一群鸽子扇动翅膀飞了过去了，发出一阵鸽哨悦耳的长音。

他感到自己的手有点儿僵硬、麻木，这血会不会是从上面滴下来的呢？如果是滴下来的，那上面会有什么呢？

他几乎没有多想，就傻乎乎地将头慢慢地抬了起来，仰头往上看。

天空、云彩、鸽子……不！那是什么？什么？不！

他看到了一个光光的头搭在阳台上面的楼顶上，分不清男女，因为脸是朝下的，头皮上有一个细长的口子，那伤口里溢满鲜红的液体，地上的血就是那里滴下来的。

此刻，他意识混乱，大脑发胀，他不住地想，头上的这个人死了吗？

一股温热的东西从他的喉咙口直往上蹿，令他感到恶心至极，差点儿吐出来。

这个世界怎么了，怎么会这个样子，他无法接受自己头上竟然躺着个不知死活的光头人这个事实。他转过身，推开阳台的门，从这里可以看到走廊尽头有几个晃动的人影。

他天生是个胆小的人，他不敢往上看，只能感觉到从上面有一股冰冷的寒气向他袭来，他感到浑身上下一阵惊悸：那个分不清男女的家伙也许正慢慢地从头上往下爬，他正把长满长指甲的双手伸向自己的头，他抬起头，张开了血盆大口，露出了尖利带有血丝的锋利牙齿，向他扑来……

他疯了似的往走廊里跑，没跑几步就摔倒了，他叫喊着："死人了！死人了！"

他的声音在寂静的宿舍楼里显得异常突兀和尖锐，几乎震惊了整个楼层。

他感觉大脑眩晕、视线模糊、身体僵直，他气喘吁吁地站了起来，

许多人冲到他的面前，冲他大喊，摇着他的脑袋和肩膀，问他死人在哪里。他什么也不说，只抬起右手指向阳台的门。

那扇门被风刮得晃动着，一副年老体弱、摇摇欲坠的样子，似乎只消一阵急风便可以把它刮下来一样。

他脑袋里布满了杂音，脚步声、喊叫声、喘息声……

突然，他想起了一个人，早晨的慌乱令他一时忘记了自己对那

个人的担忧。可是，如今，昨夜的那种担心又开始排山倒海地向他汹涌扑来。刚才自己看到的那个光头人，会是她吗？难道昨天夜里她在看完那部恐怖电影后，返回宿舍时遭遇了不幸？真的发生了顾美所说的可怕的事情？

不会的，她是一个那么好的女孩儿，怎么会是她呢？再说，那个人是光头，而她却有着一头乌黑飘逸的长发。不会是她！绝对不会！

他狠狠拍了一下自己的头，让自己清醒一些。然后，跟随吵闹的人群一起走向大楼顶部……

站在寝室楼上，放眼望去，整栋寝室楼被学生们围得像铁桶一般，水泄不通。

他从七楼往下望去，只能看到楼下一堆堆攒动的人头。

他强烈地感受到，这件事似乎只有他一个人是最恐惧的，而大多数人却把这件事当成了一件热闹的事。因为除了他以外，顶多只有七八个老师和同学看到过那光光的头，其他学生都被拦在了楼梯口。

有几位保卫处的老师封住了校顶的入口，许多费了九牛二虎之力才挤上来的同学都被老师赶了下去，唯独把余桐留在了楼顶，因为他是第一个目击者。

他站立的地方离光头人很远，而且光头人还被几个老师的身体挡住了，他根本无法看到光头人的脸，只能看到一双白色的平底鞋。

不久，警察来了，还有救护车。

救护车把人抬上了单架，从余桐身边经过时，他拼命挤了上去，却只看到了一顶光光的头和一个侧面，还是没有看清那个人的脸。

但从那白皙的皮肤可以看出这个人好像是个女人，准确地说应该是个女孩儿。

是个女孩儿，而且还穿着一双白色的平底鞋。

他猛地想起上个星期六，他陪女朋友顾美也买过一双同样款式的白色平底鞋，顾美？这个光头女孩儿难道会是顾美？

余桐的心猛地一沉，随之，他不顾一切地冲了上去，却被警察拦住了。

拦他的警察长得黑黑的，他抓住余桐的胳膊，狠狠地说："你还想逃吗？"

"你们在怀疑我？"余桐感觉警察有些莫名其妙。

"当然，因为你昨天晚上还见过她！"

"昨天晚上？她是谁？"

"别装糊涂了，你和她那么熟还不知道她叫什么名字？"

"她是叫顾美吗？"余桐双眼死死地盯着警察的脸，试图从这个故弄玄虚的家伙身上找到否定的答案。

警察表情黯然，说："到时候你就知道了。"

在学校的保卫科，余桐终于得知那个光头女孩儿的名字，她叫罗亦然。

罗亦然并没有死。

她被老师救下来后，才慢慢苏醒过来的。

从警察那里，余桐得知了罗亦然在天台上的情况。当时，她的手脚被人结结实实地绑着，而且嘴也被人堵住了。

最令人不解的是，她竟然被人剃成了秃子，很光，像尼姑一样，一根头发也不剩。

除了在她头顶上的那条细长的伤口外，她的身体并没有其他的损伤，衣服和裤子完好无损，所以，这并不是一起强奸案。

余桐在警察那里简单地介绍情况后，接了一个电话，然后就告诉余桐可以走了。

余桐疑惑地问："你们不怀疑我了？"

"罗亦然醒过来了！"

……

余桐赶到校医室时，看到顾美早已坐在了她的床边，罗亦然正把头埋在被子里啜泣着。

后来，罗亦然从被子里露出脸来，她的头上戴着一顶白色的帽子。

她双眼茫然地游离着，不说话。

过了一会儿，她喝了一杯水，开始讲述昨天夜里发生的怪异事件——

昨天晚上，余桐和顾美走出理发店后，理发师就开始给罗亦然做头发。

当时，外面的风很大，把理发店的门刮得呜呜乱响，罗亦然感觉有点儿冷，就让理发师把门关上了。

关上门后，罗亦然就后悔了，因为屋子里只有她和理发师两个人，那个理发师做头发技术很慢，而且总是把刀子掉在地上，显得十分慌乱。

面对着理发师手里那把闪着寒光的刀子，罗亦然感到一阵又一阵的战栗。

过了一会儿，突然停电了，理发店里变得漆黑一团，这样一来，罗亦然的心里更是有点儿发毛了。

她转过头，发现窗外夜色阑珊，其他店铺灯火通明。

她问理发师："怎么会停电呢？"

"大概是线路的问题吧！我去看看，你别着急啊！"理发师说着便要走。

罗亦然拦住了他，摸索着从书包里拿了一张钞票递给了理发师，说："我有急事，先走了。"

说完，罗亦然摸着黑用水管把头发冲了冲。

这期间，那个理发师一直站在她的身后冷冷地看着她。

擦完头发后，罗亦然逃似的离开了理发店，因为她感觉那个理发师很怪。

罗亦然走到街对面的时候，她忽然很好奇，想回头再看一看理发店，当她回过头时，她吓得快要叫了出来——理发店的灯亮了。

罗亦然看到了看表，已是晚上九点，电影院里的恐怖电影就快要开演了。

大街上车水马龙的，却看不到几个人。

她走在街上，仍然想着理发店里的那个奇怪理发师，感觉自己特别孤独。

她又想起了那个已经和她分手的男朋友，罗亦然对男朋友的想念变得愈发强烈起来。

如果是以前，这样的夜路都是和她的男朋友在一起走的，如果他在，该有多好啊！

她看到路边有一座黄色的公用电话亭，想起前不久，从男朋友的好友那里要来了他的电话号码：不如打个电话给男朋友，看看他在做什么？

罗亦然走到电话亭前，翻出了电话簿，找到了那个电话号码，524178631。

电话找到了，可是她的长途电话卡不见了，也许是丢了。她沮丧地叹了口气，掏出了手机，心里说，看来只好破费一下了。

奇怪的是，手机也欠费了，打不了。

她只好越过那个电话亭，继续往前走，走着走着，她想起书包里还有一张电话卡，那张卡是一次抽奖得来的，怎么把这事给忘了呢？她惊喜地打开书包，重新把手伸了进去，这回她终于摸出那张可爱的电话卡了。

罗亦然拿着这张电话卡准备回去打电话时，发现原来的电话亭里已经有人了。

她看到电话亭下面露出那个人粗壮的双腿，像是个男人。

可是，从她离开那个电话亭至找到电话卡的时间也不过几十秒钟而已，怎么这么快就有人了。而且，这期间，她并没有听到任何脚步声，那个人是怎么走到电话亭那里的呢？

罗亦然又往电话亭走前了几步，在离电话亭三四米的地方停下了，这么近的距离，她却一点儿也听不到那个人说话的声音，好像那个人根本就不是在打电话。

她记起有部恐怖电影里曾经有这样一个情节：有个人站在电话亭里，大概也是这种只能看到腿的电话亭。由于主人公太好奇，就走到了电话亭前，想看看打电话的人究竟是什么样子。结果，他并没有看到打电话人的样子，只看到一双大腿直立在电话亭里……

罗亦然吓得撒腿就跑，可是没跑几步，她又抑制不住强烈的好奇心而转过身，发现电话亭里的人不见了，电话亭下面空空的。

瞬间，罗亦然的心坠入谷底，额头上满是汗珠。

她硬着头皮又走了几步，却总感觉后面有人在跟着他，这时，已经到达电影院门口了，她却不敢走进去，她害怕自己走进去后，那个人随后也跟过来。

罗亦然决定原路返回，为了安全，她打了一辆的士。

到达学校正门时，发现学校的门早已锁上了。她只好走到了西门，西门也锁上了。不过，西门旁边栅栏很低。

罗亦然看了看值班室的窗子，发现灯还亮着，就壮着胆子爬上了栅栏。

爬进校园后，罗亦然直奔宿舍楼，到达宿舍楼要经过一片树林，在走进树林前，罗亦然警觉地向后望了望，发现没有人，才大踏步地走进了树林，没走几步，她就感到脖颈处被人重重一击，她就昏了过去……

恍惚中，她感到有人将她的手脚都绑上了，还用东西堵住了她的嘴，接着那个人开始给她剃头，不慌不忙。罗亦然想挣扎，可是不管她怎么努力都无济于事，她一动也不能动，她一点儿力气也没有，她只感觉那个人的剃头手艺很专业，像一种仪式。

第二章　鬼剃头

罗亦然边说边哭，最后什么也说不出来了。她无法接受自己是光头的事实，但这已经是事实了。

余桐看着躺在床上的罗亦然，她面容憔悴，双臂满是伤痕，不觉心中一阵悲凉。顾美坐在她的旁边，紧紧地握着她的手，顾美的头发散发着一股十分好闻的洗发水香波的味道，甜滋滋的。

警察对此事没有说太多，只是做了一番周密细致的调查，并安排了两个警察在这里了解情况。

走出校医室，余桐的脑子开始不停地闪着一个念头：那乌黑飘逸的头发哪儿去了？怎么会消失得无影无踪呢？那个东西把罗亦然的头发剃掉后会做什么呢？记得日本著名作家芥川龙之介的小说《罗生门》里就有个老太婆专门拔死人的头发去卖，难道罗亦然的头发也被人剃去卖掉了吗？除此之外，余桐还有一个疑问，罗亦然明明是在学校的树林里被人打昏，并剃掉头发的。可是，那个人是怎么把罗亦然弄到七楼顶部的呢？到达七楼的楼顶有两种方法：一是通过楼梯可以到达，如果通过楼梯，必将弄出声响被人发现。二是从固定在楼体里的铁梯子上去，但是那些铁梯子上的钢筋经年累月早已锈迹斑斑，甚至有的已经脱落，根本就不可能爬上去人。

如果以上两者都不是，那就只有一个方法，就是那个东西用特殊的办法将已被捆住手脚、剃光头的罗亦然弄到七楼楼顶的。这种方法究竟是什么呢？

顾美见他踌躇的样子，拍了拍他的背，说："怎么？对这件事感兴趣，想做福尔摩斯了？"

余桐像煞有介事地点点头："有搞头，可以试一试！"

"我支持你，相信你会成功的。"顾美站在学校操场的阳光下，张开双臂、闭上眼睛、陶醉地仰起脸，她的发丝随风轻轻扬起。这使余桐再次想到罗亦然那哭泣的双眼，不禁黯然神伤起来。

"你不要总这么一副愁眉苦脸的样子好不好？换一个角度思考，像我这样也偶尔享受一下阳光的温暖。"顾美从书包里拿出一盒牛奶，插上吸管，没心没肺地喝了起来。

"也许罗亦然的头根本就不是人为的。"

"什么，不是人为的？那是谁干的？"余桐有点儿惊讶。

"听说过鬼剃头吗？"

"什么是鬼剃头？"

"就是人在早晨醒来的时候突然发现自己的头发掉了很多，有时也许会掉一小块，有时却会掉光光的。"

"这种迷信的说法是骗人的。"余桐根本不相信这个。

"你理解错了，我认为罗亦然的头发也许是一夜之间掉光的。因为当人身心疲惫、过分忧虑的时候就会掉头发，只是有掉得多少、时间长短的差别。而罗亦然正是因为与男友分手，悲伤过度，才一夜之间乌发尽失。"

"有点儿搞头，看不出你的分析能力不差啊！"余桐对顾美的话有点儿吃惊，当然，这也给他带来了新的启示。"不过，即使头发是自然脱落，那应该找到头发才对，可现在什么都找不到了，还有她是怎么从树林到七楼顶部的，这你怎么解释啊？"

"她撒谎了。"

"她为什么要撒谎？"

"我有个大胆的想法，就是：罗亦然的头发既不是鬼剃头，也不是哪个变态狂给剃的，而是她自己剃的。因为失恋，她想到自杀，并且在自杀前决定剃掉曾经为男友留起的长发。长发为君留。失恋后，自然是长发为君剃。所以她把自己剃光了头发，并拿起刀准备自杀，这从她头上的伤口就可以证实，结果，自杀没成，倒因流血过多，把自己给吓晕了。应该是这个样子的……"

"胡说八道，不过，有点儿符合逻辑，但不符合现实，一个女孩儿会在自杀前把自己弄成秃子吗？即使是自杀也要体面一些，况且是个女孩子！"余桐的脸因愤怒而变得红彤彤的，"你会吗？"

"我不会，我又没有失恋。"顾美悻悻地说。

尽管余桐认为顾美的猜测不会是事实，但还是给了他一些启迪和疑惑，那就是罗亦然肩上的那个伤口，即使有个人给罗亦然剃头，那剃头后为什么还要留下一道伤口呢，而且还不是致命的？这个伤口是从哪里来的呢？

那个东西还会出现伤害其他的女孩儿吗？尽管他不知道那是个什么东西。

余桐看着顾美，心中泛起种种可怕的猜测，顾美也是长发，她哪一天也会成为秃子躺在某一个楼顶吗？

顾美说要和余桐一起去买东西，穿过校园时，他们看到一些学生三五成群地聚在一起，议论着罗亦然被剃成秃子的事，以前一些口口声声说自己没有男友的女生身边都多了个男生，像开舞会一样，似乎谁都不想让自己女友变成秃子吧！

他真希望顾美说的是事实——罗亦然撒谎了，但这可能吗？

出校门的时候，余桐看到倪风还在下棋，他把精瘦的小腿搭在了椅子上，一副悠然自得的样子，另一只腿上却缠着绷带。倪风的腿摔伤已有三天了，可从他的脸上看不出一丝痛苦的表情。

他见余桐走过来，冲他摆摆手，露出了灿烂的笑容："记得有空儿和我下棋哦！"

"没问题！"余桐说。

顾美走出校门的时候，左手使劲儿地揉着头发，露出很痛苦的表情。

"你的头发怎么了？"

"昨天的头发做得有点儿不好，今天总是感觉头皮痒痒的，会不会染上了什么病？"

听顾美说起头发的事情，余桐才突然想起昨天那个清瘦的理发师，昨天，他十分慌乱，总是不经意弄掉刀子。难道是他？

……

第三章　漫天飞舞的头发

学校人心惶惶，学生会还成立了联防队在校园里巡逻。余桐没事的时候就躺在床上想罗亦然的头发，却始终想不通到底头发哪里去了？

第三天，罗亦然疯了。

她先是在班里大喊大叫，并摘下了戴在头上的帽子，用口红在自己的光头上写满了英文字母，还跑到校园里，到处问人家，认不认识她头上的字；如果人家理她，她就拉住人家又喊又叫，缠着人家还她头发。

不久，罗亦然就被她的父母接了回去，听说被送进了市郊的一家精神病院，但不知道是不是真的。

这期间，余桐总是忧心忡忡，晚上失眠，上网直到深夜，与顾美或者其他的一些人聊天儿，睡觉时也会经常做梦，梦到的满是光光的女孩儿头，还有成堆的头发；他被卷在其间，卷进了头发的深渊之中。

这天下午没有课，余桐就去看顾美他们为参加艺术节而准备的舞蹈，其间还有一些男生，他们的腰上缠着绸子，傻瓜一样围着几个女生跑，除了看顾美，他就只有看这几个男生了，他们都认识余桐，看到他的时候会笑。那笑让余桐想起那个剃人头发的魔鬼，他在剃罗亦然头发的时候也会露出如此的笑吗？

他站在墙角看他们跳，心不在焉地望着天空发愣。

这时，刮起了微风，风把那几个男生腰上的绸子吹得飘了起来，样子滑稽可笑。

余桐正看着，忽然觉得有什么东西好像随着风落到了自己的头发上，很轻，像丝一样。

他试着用手把那东西抓下来，抓了好几下都没抓到。

后来，终于抓到了，余桐也惊呆了，那像丝一样的东西竟然是头发，灰乎乎的、黏满了尘土、带有恶心味道的头发。

余桐往前走了几步，走到了大楼前面的空地上，站定，往上看。

天哪！怎么会有那么多的头发在天上飞，落到了余桐的身上、落到了顾美的身上，顾美手忙脚乱地抓着脑袋，摘那些头发。

见此情景，余桐竟然止不住地吐了一地，令人无法忍受的恶心令他喘不过气来……

后来，还是学校里的那两个警察帮了大忙，查到了漫天飞舞头发的原因。

那些头发是从主楼楼顶飘下来的，而且是很多，看样子好像是从理发店里拿出来的，难道那个剃头的魔鬼会是一个理发师？

余桐忽然想起了学校旁边那十余家理发店，想起那个清瘦、高个子的长发马尾男人。

警察的想法和余桐的差不多，他们认为，去那些理发店的人很多，其中理发的又大多数是男人，也许罪犯就在他们当中。带着这个问题，警察对此展开了一系列的调查。由于余桐比较熟悉这四周的情况，所以警察带上了他。结果一无所获，但其中的几个三十岁左右的男理发师特别令人怀疑，其中就包括那个马尾男人。

　　在调查那个马尾男人的时候，他显得很惊讶："你们说那个女孩儿被人剃成了光头？"

　　"当然，这出乎你的意料吗？"

　　"不，这完全在我的预料之中。"

　　"为什么？在你的预料之中你为什么不救她？"警察有点儿气愤。

　　"当时我还不敢确定，只是感觉那个人可疑。"

　　"那个人是谁？"余桐问。

　　"在你和那个女孩儿走后，理发店进来了一个男人。"马尾男走到理发店门口，关上了门，警觉地望了望四周。

　　"你怕什么？"

　　"你们不知道，我是一个十分胆小的人，我怕被那个男人听到后会报复我。"

　　"别啰唆，快点儿说情况吧。"

　　"好的，那个男人中等个头，长得很壮，穿着一件黑色的上衣，蓝色裤子，他进屋后就盯着那个女孩儿，后来那个女孩儿走了，他也走了。他先是走向了女孩儿的反方向。女孩儿站到街对面的时候向理发店望了一眼，这个时候，我发现那个男人不见了。等女孩儿转身走开时，那个男人又跟了上去……"

余桐想到罗亦然曾经说过的一句话，"那天，理发店是不是停电了？"

"怎么会停电呢？近半年来我们这条街从来没有断过电。如果你们不相信，可以去问这条街上的任何一家店。你们问这个问题做什么？"

马尾男子脸上的胡子脏兮兮的，嘴唇厚得出奇，白色的长衫黏满了头发丝。在说话的过程中，他总是有意无意地搔自己的头发，用脚尖点着地板，眼神游离不定，神情慌乱。

"问你问题还有什么为什么？"其中一个长着长脸、大嘴，如鳄鱼样的警察说，他似乎对马尾男也十分厌烦，想尽早结束与此人的谈话。

两个警察和余桐走出理发店的时候，马尾男从后面跟了上来，递给了警察一张卡片："这是我的电话号码，有事打电话就可以了，不必麻烦你们跑来跑去的，同志，可以把你的电话留给我吗？"

鳄鱼警察恶狠狠地瞪着马尾男，脸涨得通红，却没有发作，嘴里含糊不清地抱怨着什么，随手扔给了马尾男一张皱巴巴的纸："有情况打电话给我们。"

为了证实马尾男的话，警察又询问了这条街上的几个店铺，结果证实当天夜里的确没有停过电。

余桐终于明白，罗亦然真的撒谎了，可是她为什么要说理发店曾经停过电呢？她撒这个样的谎又有什么用呢？余桐感觉事情变得扑朔迷离，会不会真如顾美所说，这一切都是罗亦然所为，那漫天飞舞的头发会是她做的吗？可是她已经被父母接走了，怎么可能呢？

余桐拨通了罗亦然家的电话，她的父母说罗亦然已经被送到医院接受治疗了。

　　余桐又找到了那家医院的电话，结果，医生说罗亦然跑了，就在今天早晨，罗亦然打碎了医院的窗子，逃了。

　　这回余桐蒙了，罗亦然跑了，她会去哪儿？她会重新回到学校里来制造漫天飞舞的头发吗？

　　余桐认为这个推测不可能，她从医院里跑出来，只会有两个结果：一个是回家，另一个是迷路。因为她现在已经是个神志不清的女孩儿了，即使她找到回学校的路，当她进入学校的时候也一定会被人发现的。

　　如果不是她，那就是马尾男。每次见到马尾男，他都是一副卑躬屈膝、畏首畏尾的样子，生怕别人参透他的心事。从他那肮脏的脸上便可看出他是一个内心丑陋、心怀叵测的人，只有做了坏事的人才会每天胆战心惊。是他，那么动机呢？证据呢？

第四章　午夜的尖叫

　　余桐和那两个警察一起回学校时，路过倪风的值班室，倪风拦住了他们，他说有话要说。余桐感到非常奇怪，他知道倪风不会有什么好的消息，不会又是要找人下棋吧？果然不出他所料，倪风拉着人家下棋。下棋过程中，他告诉了警察一个令人难以置信的情况。

　　他说就是出事那天晚上，他在值班室里看电视，出来上厕所时，看到东面的楼上有一个黑影，顺着大楼的排水管往上爬，因为是夜里看不清，他当时很困，没有留意，当时想那可能是猫，但后来想，那非常有可能是一个人。

　　余桐和两个警察又去了倪风所说的那个楼，看到排水管的最下方，果然有一个地方弯曲，所以证明倪风的话是真实的。

　　倪风的腿依然没有痊愈，他挂着拐杖，艰难地走在余桐前面。

　　望着他那条腿，余桐想，即使腿都成了这个样子，为什么还要在晚上起来呢？

　　夜里，余桐睡不着，于是就上网。

上网的时候在OICQ里碰到了一个老同学，他离余桐的学校不远，他也知道了罗亦然的事，知道余桐是第一目击者后，问他害怕不，余桐说当时我差点儿尿了裤子，他发来的信息：最好离这种事情远一点儿，否则也许会引火烧身。

下网时，余桐的心情不错，是个月圆之夜，他想起了顾美，猜想也许她也不会睡的，就打电话给她。她果然没有睡。余桐说："我们出来看月亮吧！"

她说："不行，实在是出不来。再说出来万一被老师抓到不是太危险了吗？"

余桐想想也是，就说算了，还是睡觉比较好啊！他走出了寝室，顺着走廊走到了二楼那个与另一栋教学楼相通的一个大走廊上，走廊里的灯坏掉了两个，余下的灯光有点儿灰暗！

余桐慢慢地往前走，走到教学楼那个楼上时已经没有灯了，他真奇怪自己的胆子为什么会这么大，他鬼使神差地来这里到底要干什么呢？只是孤零零一个人看月亮吗？说出去不被人笑破肚皮才怪。

正在想着，余桐听到楼梯上有一阵急促的脚步声，接着从楼梯的黑暗处尖叫着跑出一个女孩儿，她双手抱着头、脸，疯了一样径直向余桐跑来，她在穿过被月光照亮的那段走廊时，余桐看到那个女孩儿竟然是个光头，头上好像还有血流出来。余桐试着拦住她，却没有拦住，女孩儿疯了一样从他的身边跑过，究竟发生了什么事？

余桐看着那个女孩儿径直朝走廊尽头跑，他突然觉得事情有些不妙。噢！对了，走廊的尽头是一个阳台，有可能她忘了那扇门会是阳台，如果她冲过门扑下去，那将会是什么样子呢？

他对着女孩儿大喊："快停下！快停下！"

女孩儿丝毫没有听到他的话，就在他说话的那一瞬间，她推开了那扇门……

紧接着，余桐听到那个女孩儿"啊"地大叫一声，随后，他听到了一种物体落在地面上沉闷的声音，他跑到阳台上，往下一看，那个女孩儿正躺在水泥地面上，腿上黑乎乎一片，好像是血，女孩儿的头痛苦地动了动，右腿抽搐不止。

幸亏是二楼，不然她早就被摔死了。

阳台的护栏是铁栏杆，又很矮，还有就是阳台的地面很滑，女孩儿由于奔跑的冲力，到阳台上又没能预料，由于惯性就跌落到了楼下，这似乎是合乎情理的，可是难道她就没有看到那个阳台吗？

就在余桐目睹这个女孩儿跌落楼下的同时，在这个楼梯的尽头还躺着一个光头女孩儿，这是后来别人发现的，女孩儿除了光头外，身上毫无损失。如今，也只有她才能告诉我们一点儿宝贵的线索了！

第五章　两个秃头女孩儿

跌落到楼下的女孩儿，脚骨折了，神志不清，胡言乱语，住进了医院。

这样，警察只有向另一个女孩儿了解情况了。为了阅读方便，以下把躺在楼梯上的简称 A，掉到楼下的女孩儿简称 B。

昨天夜里。

—— A ——

我和那个跌落楼下的女孩儿（B）由于在网吧上网忘记了时间，回来时已是很晚。因为回宿舍楼怕被老师骂，就想先回教学楼取点儿东西。我们两个一前一后，B 走得很快，她说想急着先把东西拿回来。由于上网时间太长而导致我腰酸背痛，我在后面走得慢，走走停停的，这样，我就与走在前面的 B 拉开了一定的距离。当时，教学楼里很静，我也没有想过走在后面会遇到什么危险。

刚开始的时候我自己走在 B 的后面，没有害怕，因为可以听到 B 的脚步声。可是后来，大概到了三楼的时候，B 的脚步声就没有了，楼梯里没有灯，很灰暗。我有点退缩了，想往回走，可是一看后面也是漆黑一团，就放弃了。当时，我真的很后悔，如果自己不是只顾着上网就不会这么晚才回学校；如果不是和 B 在一起，就不会来到这可恶的教学楼。

这时，我听到了一阵很轻的脚步声，"嚓！嚓！"

那脚步声好像是从楼下传来的，很慢很慢，我不知道那是什么，可是我非常害怕。于是我想到 B，我问道："B，你在吗？可以听到我说话吗？听到快点回答我！"

不知为什么，我感觉自己的声音突然变小了，小得令我自己都感到吃惊。我竭尽全力想把声音弄得再大一点儿，可是我失败了。

"A，我听到你说话了。我在上面，快上来吧！"

A 的声音从上面落下来，砸到了我的头上。我悬着的一颗心才放了下来，想自己也许是太多疑了吧！就继续往楼上走，走着走着，我又听到了楼下的脚步声，很慢，又有点像擦地的声音。

有股阴冷的风向我吹来，那种风很轻，我感觉它在缓慢地将我包围，有一种力量在慢慢地向我逼近。

我猜不出那是个什么东西，动作好像很缓慢，它在黑暗中，我看不到它。

直觉告诉我，那东西可能不是人类。

我继续往前走，走到楼梯上时，我突然看到了那个东西。黑乎乎的一团，在楼梯的角落里，还没等我反应过来，那黑乎乎的东西就一跃而起，然后，我就什么都不知道了。

三天后，警察对 B 进行了调查。

你们一定很想知道那天夜里我回教学楼去做什么了？

其实我什么也不想做，因为我在躲避那个东西。

从网吧回来后，我和A打算回宿舍的，但是走到宿舍楼下的时候，我看到在宿舍门口的墙边站着黑乎乎的一个东西，好像是一个人。

因为罗亦然被剃光头的那天也是夜里。而且我有一种预感：站在墙角的那个东西就是给罗亦然剃头的那个家伙，所以我决定先去教学楼躲一会儿。

我担心A会害怕，所以没有把看到黑家伙的事告诉她。走到教学楼三层的时候我有点儿后悔了，因为我感觉这个楼很怪，好像还有人。

于是，我就走得很急，跑到了A的前面。

等到我跑到五楼的时候，我突然听不到A的声音，于是我站在原地等；这时，我听到了A在叫我，我答应了她，这才放下心。

过了一会儿，我听到楼下传来几声沉闷的声音，好像有人挣扎，用脚踢着墙。

少顷，那种声音又没有了。

我喊了一下A："A你在那里吗？如果在下面就说话！"

没有回应，楼下死气沉沉的。

我慢慢地往下走，走到三楼的时候，我看到了躺在楼梯上的A，她的头发没有了，被剃得光光的，人早已昏了过去。

我刚想喊叫，嘴却被人堵住了。那人力气很大，他的手令我感到窒息。

他把我按在了墙上，并用手狠狠地敲打我的头，然后，那家伙就开始给我剃头。

我醒过来时，感觉刀子在头皮上滑动，我开始拼命挣扎，用腿向后踢。那人对我突如其来的动作感到震惊。

我挣脱后，就以最快的速度跑了出去；这个时候我听到了走廊的另一边有脚步声，脚步声就是你——余桐。

那个魔鬼听到余桐的脚步声后就跑了。A 说给她印象最深的就是那个人好像是把什么东西放到了上衣的衣袋里面，像铁的东西，猜不出是什么？

整个校园被这个魔鬼一样的人搞得乱七八糟，所有的人都整日神经兮兮的，大批的警察出动，结果一无所获。

只要是没有课，余桐就和顾美待在一起，他要保护她，保护他爱的女孩儿。

余桐也加入了联防队。倪风对学校情况比较熟，所以大多数的时候由倪风带领他们，其实有的时候是在巡逻，没有事的时候他们就在一起下象棋，还有余桐最喜欢的数学老师常天、体育老师陆鸣。大家在一起就是好。常天是一个凡事都要认真负责做下去的人，他总是认为为了同学们的安全最重要，玩象棋则不太好，但如果真的要玩的时候，他还总是喜欢插嘴，不是这儿不行，就是那儿不好的。

陆鸣则平易近人一点儿，输赢都可以，爱唱歌，还喜欢和学生一起唱。大家一起唱，唱着唱着陆鸣竟掉下了眼泪。余桐还是第一次看见一个四十多岁的人掉眼泪。他说罗亦然是他的学生，这孩子长跑最佳，人还漂亮，一夜间竟被人剃成了光头、疯了，他感到非常惋惜和震惊。

其他的人的心情也都沉重了起来，大家都下定决心要把那个魔鬼找出来，他实是太可恨，千刀万剐也不解恨。

倪风说那天如果在他看到那个魔鬼的背影的时候冲出去就好了，那样也许会给那个魔鬼一点儿教训，可惜他的腿摔伤了。倪风说话的时候有点儿口吃，但还是一个比较老实的人。

余桐曾听人说倪风炒股，他不太相信，倪风那慢半拍的节奏，炒股也会赔光的。

如今，倪风已经不教课了，只负责学校管理工作。

余桐以前对部分的老师有偏见，认为他们对待学生太过苛刻了，现在才发现他们是那么的平易近人。

奇怪的是，余桐发现罗亦然出事那天晚上值班的杨老师不见了，问过常老师后才知道，杨老师三天前就请假回家了，说是家里有事，但谁也不知道真实的原因。

杨老师也是负责学校管理的，前不久，他去罗亦然寝室调换床铺时，无意中碰到了亦然的MP3播放器，摔坏了。那台播放器是罗亦然的父亲为她新买的，她只用了几次。

其实摔坏了也没有什么，只是杨老师的做法有点儿不对，他把摔坏的播放器放回了原来的位置，调换完床铺就像没事人一样地走了。

杨老师做的这一切被罗亦然的寝友小米看见了，她告诉了罗亦然。

罗亦然就去找杨老师理论，杨老师坚决不承认是自己弄坏的，两个人相持不下，就吵了起来，影响挺不好的。后来，学校负责管理的科长还找杨老师谈过话，后来不知为什么事情就不了了之了。罗亦然也没有再提起这件事。

难道魔鬼会是杨老师？

平时倪风和杨老师关系很密切，经常在一起出去郊游，他们之间的合影很多。于是，余桐从倪风那里借来了一张杨老师的照片，他把这张照片拿给了理发店的马尾男。

马尾男看到照片，一眼就认出了其中的杨老师："那天晚上，你们刚离开理发店，这个人就进来了，就是他坐在角落里，狠狠地盯着女孩儿，最后女孩儿被吓跑了。"

"你要看清，事情很重要。"

"没错的，就是他。他经常从我的店门口走过，所以，我认得他，但不知道是你们学校的老师。"

"纠正一下，他不是教课的老师，只是管理人员。"

余桐又问了倪风，倪风证实那天夜里，杨老师的确是下棋下到一半就走了；直到倪风睡下时，杨老师还没有回来。夜里，倪风感觉腿剧烈地疼痛，就坐了起来，这时杨老师已经躺在他的身边睡着了。走出大门，倪风便看到了那个黑影。

在学校的操场上，余桐碰到顾美，顾美说罗亦然找到了。

罗亦然从医院里跑出后就迷路了。警察发现她时，她正躺在一座过街天桥下面瑟瑟发抖，她两天没有吃东西了，有点儿神志不清、脸色惨白。

这样一个女孩儿怎么可能又回到学校去剃别的女孩儿的头发呢？

现在有三个怀疑对象：罗亦然、马尾男、杨老师。罗亦然会因为失恋而自杀，剃头发，甚至发展到剃别人的头发；马尾男的动机不明，但他有充分的作案时间；再就是杨老师，那天他去理发店做什么，后来为什么又很晚没有回去，他和罗亦然之间到底发生了什么，他们之间的那次争吵为什么后来又不了了之了呢？

三个人都有作案的可能，那到底会是谁呢？

第六章　雨夜的魂灵

　　下午时，天下起了小雨，有点儿风，但不大。后来，雨大了，倾盆大雨，谁也阻止不了，就像一个人的命运一样。

　　雨下了一整个下午，天黑时也没有停。余桐和顾美站在走廊靠窗的地方，他在想 A 所说的那个人身上硬硬的东西，是挂在脖子上的饰物吗？如果是我作案的话，我会戴一个饰物放在身上吗？一旦被人抓去会出现什么的情况！

　　窗外到处都是雨声，只有余桐和顾美在走廊里，楼道里静悄悄的，他静静地听着，发现一丝微妙的变化。

　　忽然，他好像听到了一种声音，"扑！扑！"像翅膀扇动的声音，这种声音随后逐渐减弱，直至消失。

　　这种声音消失后，接替的是一种沉闷的响声。

　　这响声断断续续，是一种剁东西的声音，结结实实的，像是在拼命地把什么东西剁断一样。

　　余桐寻着声音往前，声音突然戛然而止。不动了，不知道是从什么地方传出来的。到了这层楼的楼梯口，他和顾美慢慢地往下走。

走廊里的灯亮着，可以映出楼梯上的情况，外面雷声大作，一道道闪电照得楼梯白花花的，不禁让人有一种寒冷中的惊悸。

又一道闪电过后，余桐终于看清在一楼的楼梯上放着的一个东西。

那东西是一只毛被拔得干干净净的鸡，鸡头没有了，好像就是刚才的声音剁的，血溅得满楼道都是，看样子这是一只活鸡，是被人现抓来，又被拔了毛，才生生被剁死的，想必魂灵早就飞走了吧？顾美吓得尖叫了起来……

余桐顺着楼梯往下看，从下面往上数的第一个台阶上，有一个东西——鸡头，鸡的嘴被胶带狠狠地缠上了，看了令人作呕。

余桐惊喜地发现，那只鸡的血迹在楼梯的扶手上还有，这血迹非常有可能是那个魔鬼在杀完鸡后下楼梯时，手扶着楼梯的扶手，而且手上还有血迹。如果真的是这样，那楼梯上一定有指纹了，这是一个多么令人惊喜的发现呀！

第七章　谁是真凶

　　警察按余桐的意思去取了指痕，但是毫无所获，那个楼梯的扶手一天中被人摸过的次数数不胜数，指痕也是乱七八糟，谁的都有，难道有谁的指痕，就说明谁是那个魔鬼吗？再者，很有可能魔鬼当时戴了手套。还有，就是那只活鸡是哪里来的？

　　不到一天，我们就知道了那只鸡的来历，那只鸡是学校食堂的，昨天晚上有人把鸡偷走了。这只鸡很爱叫，叫的时候没完没了，所以，魔鬼用胶带把鸡嘴缠住了。

　　余桐有种预感，这个魔鬼就徘徊在学校周围，似乎就在身边，就差一点儿，就差一点儿就可以找到答案了，可他怎么就想不出来呢？

　　余桐想了半天毫无所获。下午时，顾美说她要来看他，可是她没有来。

　　下午睡觉的时候，他做了一个奇怪的梦，梦中，顾美被一个大汉掐着脖子，大汉的手里还拿着一把刀子，罗亦然、A、B，还有那只冤死的鸡站在一排，她们中的人没有头发，鸡没有毛。罗亦然冲余桐笑，然后抱起地上的那只鸡。A 和 B 拿着刀子朝余桐走来。顾美在那个大汉的臂弯里还冲他笑，她的头发被那个大汉一拔，就全都没有了。顾美也笑，笑声很大。

余桐忽然发现有人抓住了他的头发，是 A，她一拔他的头发，他的头发就全没有了，这样，他们都变成了秃子。余桐看到了那个大汉的胸，也看到了那个曾经 A 所说的硬硬的东西，在他的衣袋里，很长。哦！我终于想通了，那十分可能是一把刀子。对！是刀子。

就在余桐得出这个答案的同时，B 抱着那只鸡冲他走了过来，鸡张开了大嘴，那嘴越来越大，里面布满了血丝，那大嘴就快要把他给吞噬了……

余桐从梦中醒来，他忽然预感顾美会有危险，这种预感很强烈的。顾美，我要去找顾美，他这样想着，迅速地穿上鞋子，打开了门，却看到了站在门外一声不响的顾美。顾美看到满头大汗的他，很吃惊："怎么了？脸上全都是汗！"

余桐看到她没事也就放心了。顾美说："看！头发都这么长了，我带你去剪吧！"

他们一起准备走出学校，但那个后门已经锁上了。倪风和杨老师正在下棋。余桐敲了一下窗子，杨老师出来了，掏出钥匙为余桐开门。杨老师的眼睛里布满了血丝。余桐说："您昨天没有睡好吗？"

"是没有睡好。和倪风下棋了，我总输；即使我赢不了他，他也非逼着我陪他玩儿。"杨老师笑了笑。杨老师早就知道倪风有这个毛病。所以没有几个人愿意和他在一起下棋。

杨老师不是请假了吗？怎么突然回来了呢？

"杨老师，这几天没见到你，出差了？"

杨老师神情窘迫，两眼游离不定："没有，我回了一次沈阳，我的母亲生病了。"

"什么时候回来的？车票容易买到吗？"

"当然了，我昨天下午回来的。"杨老师说。

杨老师是一个四十多岁的中年男人，个子不高，皮肤很黑，左眼有点儿斜视，所以，看人的时候别人都以为他在瞪人家。在学校里，他不像倪风那么爱说话，总是勤勤恳恳地工作。有的时候，他一走进学校就消失了，谁也不会找到他；而当你不打算找他的时候，他却会突然跳到你的面前。一次学校里的主任找他有事，怎么找也找不到他，后来才发现，原来他就在主任旁边的办公室里和别人聊天儿呢。他的耳朵有点儿不好，所以别人声音太小，他根本就听不见。因此，在这校里，他给人留下了一种神出鬼没的印象。

罗亦然背地里给杨老师取了个外号，叫无影大师。

如果杨老师是昨天晚上回来的，那么就可以很轻松地将那只被剁的鸡与他联系起来，但是他做这一切的动机又是什么呢？

顾美带余桐到学校西街上去理发。

那些理发店仍然怪里怪气的，只见人出、不见人入，好像每个人都是从后门进来、前门出去一样。

余桐想去马尾男那里去，走到店门前才发现，理发店已经关门了，门上挂着"暂时停业"的牌子。

在马尾男对面的美发厅，理发师开始给余桐剪发，他看着自己的头发一块块地落下，平静地看着镜子里自己的脸，心情平和了许多。

余桐问理发师："对面的理发店什么时候关门的。"

"大概是今天早晨，我起来就看到对面门上挂着'暂时停业'的牌子。"

"您知道那个理发师去哪里了吗？"

"也许回家了吧。"

"他的家在哪儿？"

"在市郊的龙镇。他姓沈。他家的前面有一个网吧，叫什么名字我忘记了，但听他说，那是全镇唯一的网吧。"

余桐忽然想起一个问题来，他问理发师："这些剪剩下的头发都怎么处理？"

他说："这东西还用处理吗？倒到垃圾桶里便是。"

余桐问他是哪个垃圾桶，他告诉了余桐；余桐到那个垃圾桶一看，发现离他们学校的校门很近，而且离马尾男的店更近。余桐有一个设想，就是那个魔鬼会不会把理发厅的剩头发捡回来，或者就是马尾男自己店里的头发，再弄到学校主楼上，然后才造成头发漫天飞舞呢？马尾男与罗亦然的说法不一，罗亦然说停电了，马尾男却说没有。在理发店那天晚上，罗亦然并没有提起见到杨老师的事，而马尾男一口咬定是杨老师当晚去了理发店，并在罗亦然走后跟踪他。如果罗亦然说的话是事实，那么，马尾男的话必是谎言。谎言的缘由就是欲盖弥彰，逃脱罪责，如今马尾男的消失又恰恰表现出他内心的惶恐与心虚。

顾美在回学校的路上问余桐："你怀疑是马尾男制造了这一切，他就是那个剃头魔鬼。"

"应该是的。他住在学校附近，对学校里的情况了若指掌，这给他提供了充分的作案条件。罗亦然被害的那天晚上他频频弄掉刀子足以显示他内心的惶恐和不安。如果罗亦然的话是真的，那么，案情应该是这个样子的：当天夜里，他在我们走后，首先制造停电。这非常简单，拉一下电源总开关就可以了。接下来，在罗亦然走后，他便开始跟踪她。在罗亦然乘车返回学校的途中，他也以最快速度赶回学校，并埋伏在学校的树林里等待罗亦然的出现。接下来的事情就很明了……现在我们缺的就是证据和动机。"

"难道你想做进一步调查。"

"当然，这是一个有搞头的案件，我坚信在案件的背后一定隐藏着匪夷所思的真相。首先要了解一下马尾男是否有犯罪前科。如果证明他有前科，我想利用周末的时间去他的家乡看一看。"

"匪夷所思？有点儿意思，明天你去的时候可不可以带上我？"

"带上你？不行，不行，太危险了。还是我自己去吧！"

"那么危险你还要自己去？关于我，你又不是不了解，我可是个聪明绝顶、秀外慧中，天生对神秘事件具有超乎寻常判断力的人哦！如果我和你一道同行，绝对可以给你一个又一个惊喜，绝不会让你失望的。"顾美的好奇心膨胀起来，真是拦也拦不住。

"好吧，这次可以带你去，但你要一切听我的。"

"好的。不过，这次前去，你不怕正面遇到马尾男吗？一旦他对我们下毒手可怎么办？"

"还说自己聪明，这么简单的问题还不懂。如果他在家里，那么十有八九他不是凶手；反之，他是凶手，就一定会逃得远远的，绝对不会留在家里。"

"嗯，是有点儿道理，不过，有点儿冒险。"顾美有点儿退却。

"那好，我自己去了，不要跟着。"

"我去！我去！"

顾美看着已经走远的余桐，又喊又叫地追了上去，引得路人频频侧目。

第八章 龙镇探密

　　傍晚时分，公安局的那个鳄鱼警察拨通了余桐的电话，告诉他已经查到了马尾男沈兵的资料。

　　"沈兵确实有前科，他跟踪并抢劫了一名下班女子，当时由于金额和危害都很小，所以，他被关了两个月就被放出来了。你怀疑是他剃掉了那些女孩儿的头发？"

　　"是的。我认为他最有作案的可能，而且，这几天他消失了。"

　　"消失了？你认为他有作案的可能，那你找到证据了吗？"

　　"还没有。"

　　"余桐，你是一个懂事的学生，很有判断和分析问题的能力。但是，现在摆在我们面前的是一起极为罕见的案子，犯罪嫌疑人的作案手法极为残忍，案子的危险性也可想而知。我劝你最好不要插手。对于谁是真正的罪犯，我们会调查清楚的。"电话里，余桐可以从鳄鱼警察的声音里想象出他那苦口婆心的样子，同时余桐也想到了同学说的"不要引火烧身"，但这是一件事关全校师生生命安全的大案，学生处于极度恐慌的状态，仅靠警方的力量具有一定的局限性。

为了查出真凶，余桐下定决心，将案件追查到底，找出那个魔鬼。

第二天，余桐和顾美踏上了开往龙镇的客车。龙镇离市区很近，属于近郊镇，镇内有一处人工湖，是一个较有名气的旅游景点。

一个小时后，余桐和顾美到了龙镇，金黄的杨树叶铺满了小镇狭窄的街道，镇上行人很少，车辆也不多，速度却很快，车辆过后，灰土飞扬，落叶翻飞。

余桐和顾美沿着街道走了大概十余分钟，看到了一座土黄色的二层小楼，楼上安着蓝色的牌匾：网中网网吧。

网中网网吧后面是一排平房，紧贴网中网网吧的那座平房院墙很高，中间是两扇黑色的铁门。

站在门前，余桐的心突然狂跳不止，面对着黑漆漆的铁门，他有点儿犹豫，万一开门的是沈兵，那么自己该说些什么呢？经过这些天的了解，余桐发觉沈兵的家庭并不是很富裕，所以，也根本不可能有能力购买理发店的房产，不是买了，那就一定是租的。如果是以房东追房租为借口应该再好不过。对，就这么干。

于是，余桐敲响了那扇黑色的铁门，敲了三下，没有人答应，院子里一点儿动静都没有。

余桐又敲了三下，"啪、啪、啪"，这时院子里传来开门的声音，然后是脚步声，脚步声由远而近，最后在门边停下了。

余桐从门下的缝隙中看到一双非常干净的脚，白白的，套在蓝色的拖鞋里没有一点儿血色。

门开了一个缝，露出了一只漆黑、冷酷的眼睛，注视余桐和顾美良久，然后传出了一个低沉、沙哑、冷冷的男孩儿声音："你们找谁？"

"请问这是沈兵的家吗？"余桐回答道。

"是的。他不在家，你们找他有什么事吗？"男孩儿一副拒人于千里之外的架势。

"可以让我们进去吗？我们是租给他房子的房东，这几天我们找不到他了。"顾美表现出十分为难的样子，显示很着急，"我们真的找不到他了。"

"好吧，你们稍等，我给你们开门。"

吱——嘎——门开了，男孩儿摇晃着把脚也从空中放了下来，余桐这才看清，男孩儿的两侧肩膀空空的，原来男孩儿没有手臂，他是用脚开的门。

男孩儿有十八九岁，个子不高，一双小眼睛冒着凶狠、仇恨的光芒，令人不寒而栗。

院子北面是一座红砖平房，房子左侧长着一棵高大的柳树，那纤长的柳枝像头发一样从高高的树干直垂到离地面二三十厘米的地方；院子中间有一块地方用铁皮板盖着，好像是一个用来储存蔬菜的地窖。

走到房子里，男孩儿让余桐和顾美坐在一把破旧的沙发上，他一个人摇晃着用脚夹起水壶倒茶。

"你是沈兵什么人？"余桐问男孩儿。

"我是他弟弟，我叫沈乒。"

余桐点点头，心想，沈乒，名字和人一样怪里怪气。

"你哥哥最近回来过吗？"

"没有。他已经有一个月没有回来了。你们有几天没有见到他了？"

"两天。他没有回来，那你知道他去哪儿了吗？"

"不知道。他去哪儿从来不告诉我。"

"你的父母呢？"

"他们上班还没有回来。"

男孩儿说话的时候从来不抬头。他身材瘦小，坐在沙发上，整个身子都陷进去了。

"你们等一会儿吧，他们快要下班了。"男孩儿说着，伸出右脚从桌子上夹起了一本书，认真地读了起来。

余桐抬起头，看到窗子外面都安着铁护栏，看起来非常结实。在北方，住平房的人家大都安这种铁护栏，以防贼盗，给人以安全感。

可是今天，余桐看到这护栏并没有感到安全，反而使他有一种压抑的感觉，他嗅到了死亡的味道。

余桐站了起来，围着屋子走动着。房间里的陈设非常简单，家具都很破旧，没有什么特别之处。

除了厨房以外，房子还分出三个单独的屋子，面积都不大，却收拾得很干净。

唯一令余桐不解的是，在窗子朝北的那间屋子竟然安了两层护栏，连门都是用的防盗门。真是奇怪，小屋子的门怎么也安防盗门呢？

余桐问男孩儿："这间屋子为什么安两层护栏，而且还装了防盗门呢？"

"我哥的屋子，他回家住的时候很少，回来后就住进这间像监狱一样的屋子，他说怕别人伤害他。我的父母不管怎么劝他，他都不听。他天生是一个胆小的人。"

余桐说话的时候一直是站在那间屋子门外的，男孩儿坐在离他不远的地方盯着他。

　　"你认为他这样做能保护自己吗？你为什么不像他那样做！"

　　男孩儿不屑地哼了一声："保护？哼，未必吧！坚硬的钢筋护栏怎么能和坚强的心相比，我是绝对不会那样做的。他总是那么胆小怕事，不敢说不敢做的，能有什么出息。将来我考上大学一定比他强。"

　　坚硬的钢筋怎么能和坚强的心相比，有道理。余桐开始对面前这位身残志坚的男孩儿刮目相看，佩服得五体投地。

　　余桐依然站在沈兵的门口向里面张望着，在沈兵床头的柜子上，他看到了一张女孩儿的照片。

　　由于距离较远，余桐便跨步迈进了屋子，拿起了那张照片。

　　当余桐看到那个女孩儿脸的时候，他惊呆了，那个女孩儿竟然是罗亦然。

　　"你怎么没有经过我的允许就闯进了他的屋子，太没有礼貌了吧！！"男孩儿移动到余桐身边，坐到床上，伸出脚夺过余桐手中的照片，小心翼翼地放回了原来的位置。

　　然后，男孩儿又轻轻地下了床，用白白的脚趾整理一番皱了的床单，一切弄好后才长长地出了一口气。

　　男孩儿说："你惹祸了，他要是知道有人闯进他的屋子，动了他的照片，他会杀了我的。"

　　"这张照片里的人是谁？"余桐好奇地问。

　　"我哥说是他的女朋友，不过，我还没有见过。"

　　"你相信你哥的话吗？"

"我才不信呢？他不会交女朋友的，他从来不敢向人家表白。这个女孩儿也许只是他暗恋的人。"男孩儿走出屋子，又坐回了他原来的位置。

顾美瞠目结舌地看着这一切，拉了拉余桐，小声说："我们快点儿走好吗？这里好像有点儿不对头。"

余桐也感觉有点儿不对头，罗亦然是马尾男沈兵的女朋友？那她所谓的失恋又从何而来呢？这绝对不可能，罗亦然的男朋友余桐是见过的，人很帅气，长得白白净净的。即使罗亦然和她的男朋友分手，也不可能选择沈兵啊？如果说罗亦然是沈兵的暗恋对象，那就有点儿合情合理了；沈兵暗恋罗亦然，在向她表白的时候被她拒绝，然后，沈兵顿起报复之心，残忍地剃掉了罗亦然的头发？

像沈兵这样一个胆小的人，被拒绝的仇恨将不共戴天，在他剃过罗亦然的头发后，报复心理并没有得到满足，反而愈来愈强烈，最后，这种报复转移到了学校其他女生身上……

余桐感到浑身发冷，整个房间的空气好像都要凝固起来了，压抑、恐怖、令人窒息，他开始后悔带顾美来这里。假如一切推断都是事实，假如沈兵真的是那个魔鬼，那么，余桐必须要接受一个恐怖的事实——此时此刻，沈兵就在这座房子的周围，或者就藏在这个院子里听着他们说话，看着他和顾美的一举一动。

那个男孩儿依然看着书，两只脚上的十根脚趾不安分地扭动着。余桐满腹狐疑地望着他，拿不定主意——男孩儿撒谎了？为了保护他的哥哥？他若是真的撒谎了，那怎么一点儿也看不出来呢？特别是他在看到余桐拿起罗亦然照片时焦急的样子，怎么可能是在撒谎呢？

顾美还在小声催促着余桐，她似乎已经预感到了某种危险的存在。可是，余桐并不打算离开，因为一切还没有眉目，这次龙镇之行只是发现了罗亦然的照片，并没有发现其他什么。这样走，岂不是半途而废了吗？再等一等，会有新的发现的。

这时，窗外传来了敲门的声音，黑色的铁门发出"啪、啪、啪"的声响。

男孩儿听到敲门声，用嘴把书叼起，放到了桌子上。然后，他艰难地站起身，走出屋子，去开门了……

第九章　身陷火海

男孩儿出去后，关上的房门发出一声结实的脆响，很牢固地关上了。

余桐和顾美站在房间里，望向窗外。

他屏息敛气看着那黑色的门，感觉胸口憋闷，有点儿喘不过气来——门外的那个人会是谁呢？会是沈兵吗？他会预感到我们的到来？

不会的。那会是沈兵的父母吗？

余桐和顾美盯了那扇黑色的门很久，却没有看到男孩儿去开门。

男孩儿是从他们两个的视线中走出房间的，而且院子很小，又没有其他的出口，男孩儿怎么还没有到达黑铁门呢？他去哪儿了？他怎么不去开门？

房间里静得出奇，院子里也静悄悄的，那个男孩儿好像蒸发掉一样，没了。

余桐和顾美伫立在房间里，几乎可以听到彼此的喘息声。窗外的柳树枝一声不吭地垂着，像死人的头发一样没有生气。

顾美盯着空荡荡的院子，说："余桐，我有点儿害怕？我们可能上当了。"

"上当了？什么意思？"

"他可能是跑了，敲门的那个可能是……"

"是谁？"

"沈兵。"

余桐没有再说话，他不知道顾美说的是对还是错，再等一会儿，也许会有答案。

又过了一会儿，门外还是没有声音。这时余桐的心彻底地沉了下去，他盯着房间里那扇门，心想：如果敲门的人真的是沈兵，那么仅有的几下敲门声就应该是给男孩儿的暗号，暗号发出了，男孩儿离开了房间，接下来呢？他会仅仅是离开房间那么简单吗？余桐的脑海中反复响着男孩儿走出房间时关门的脆响声，门？

他轻轻地走到门边，伸出手，轻轻地握住门把手，用力向外推，可是门纹丝未动。

余桐又反复地试了几次，结果还是失败了，他心中的猜想也被证实了：门被男孩儿从外面锁上了，他和顾美出不去了。

顾美冲到门边，使劲儿拉门，用脚又踢又踹，仍然无济于事。她背着门，慢慢地滑了下来，坐在门下看着余桐，沮丧地说："怎么办，我们出不去了，中了人家的圈套。"

余桐抬起头，发现窗子是关着的，而且还上了护栏，房间还没有后门，所以，根本就不可能出去了。既然出不去了，那他下一步会做什么呢？

这时，顾美皱着眉，站了起来，并用鼻子四处嗅着，好像嗅到了什么难闻的气味。

"你闻到什么气味了吗？"顾美弯着腰，在房间里搜索着。

余桐也闻到了那种气味，而且越来越大，不好，是汽油："快找找看，哪里出来的汽油味？"

"不用找了，你看那里！"顾美伸出手，直直地指着厨房那一片面积愈来愈大、像水一样流向他们的汽油。

汽油越来越多，走廊里已经淌满了，顾美抬起脚，往前走，被余桐拉住了："别走，那里危险。"

"我只是想看看汽油是从哪里来的。"

"不用找了，你看那条管子。"

在厨房深处，朝北的窗子边上，伸进来一条管子，那条管子正在往外冒汽油。

余桐死死地盯着那条管子。突然，他看有一束火苗从管子里冒了出来，那火苗顷刻间变成火蛇，沿着汽油向余桐这边直奔而来，"呼"的一声，火苗到离余桐一米多的地方停住了，接着，开始蹿起红彤彤的火焰，整个房子也瞬间燃烧了起来，滚滚浓烟向余桐和顾美扑面而来，房间里的温度骤然升高，大火将余桐和顾美逼到了东面的一个小房间里。

顾美开始找东西拼命地砸窗子，发出玻璃支离破碎的声音，窗子被砸碎了，可外面还有坚硬的铁栏杆，顾美把脑袋伸出窗口，大喊："救命啊！救命啊！"

房子外的街上传来人们杂乱的脚步声，还有人们敲门的声音，可是现在已经来不及了，大火已经将小房间笼罩。

余桐迅速地跳上前，关上了小房间的门，可是滚滚浓烟却从门下冒了出来。余桐的嗓子好像要冒火一样，火辣辣的痛，浑身上下大汗淋漓。

顾美已经瘫软地靠着墙躺下了，她低着头，痛苦地咳嗽着。

余桐找到小房间里所有布质的东西，用来堵门，最后，他把自己的上衣也堵在了门上，他反复地在心里念叨着，我不能死，绝对不能，我要是死了，顾美怎么办，她一定要逃出去啊！去报案，去抓住那个沈兵，抓住这个十恶不赦的魔鬼。

可是，余桐转过身时，发现顾美不咳嗽了，她躺在那里一点儿声音也没有了。

第十章　在劫难逃

小房间的门被烧着，响起了木头"噼里啪啦"的爆裂声，浓烟被暂时堵住了，可房间里还弥漫着难闻的气味。

余桐拼命地摇着顾美，可她一点儿反应都没有。不过，她还有呼吸，她只是被呛晕了过去。

这时，门被烧得裂开了，张牙舞爪的火舌和浓烟汹涌着向他们扑来；他只顾着保护顾美，全然不顾向他扑来的大火。面对炙热的温度，他越来越感觉到呼吸困难，辛辣的浓烟使他感到喉咙像要裂开一样疼痛，他不住地咳嗽，顾美已经奄奄一息，大火很快就要把他们吞噬了。

余桐望着那坚不可摧的护栏，心里隐隐有些悲凉，这次真是在劫难逃了，原来这一切都是一个精心设计好的圈套，只等他和顾美傻乎乎地往里钻。沈兵，这个魔鬼，他以为烧死我们两个人就可以掩盖罪行吗？他错了，这么愚蠢的举动充分暴露了他的本性，不！不！绝不可能，可是，现在这一切？难道自己就活生生地被烧死吗？

难道就没有一条逃生的路吗？

在这千钧一发之际，余桐听到窗外响起了救火车的警报声，随后，一股巨大水柱从窗口射了进来，屋子里的火焰被扑灭了。接着，窗外又响起人们杂乱无章的喊叫声、脚步声，"啪"的一声，门被撞开了，两名救火队员冲了进来……

余桐终于松了一口气，这次总算得救了，屋子里的东西几乎被烧光了，如果再晚一点儿，恐怕他和顾美就要葬身火海了。

顾美已经被抬上了救护车，余桐依然站在院子中，看着救火队员在扑灭剩下的余火。望着那冒着浓烟、破败的房子，他非常疑惑：难道火真的会是沈兵放的吗？他能亲手点燃自己家的房子，会忍心看着自己的父母和弟弟无家可归吗？这简直太不合乎情理了。

就在余桐疑惑之际，他隐约听到了一种细微的声响，他看了看四周，发现什么都没有。

他低下头，发现自己正站在院子中间的那块铁板上面，这是一个地窖，声音是从这下面传来的？

余桐蹲下来，把耳朵贴在铁板上，果然听到下面有声音。

"快来人，这下面有情况？"余桐站起身，喊住身边的消防员。

几个消防员都赶了过来，抬起了铁板，这下面果然是地窖，而且很深，黑洞洞。

消防员拿来了手电筒，这回余桐总算看清了，就在地窖的下面，有一具白色的躯体正在蠕动着，那好像是一个人，地窖里怎么会有人呢？

消防员下到了地窖里，把那个人抬了上来。

余桐万万没有想到，地窖里的人竟然是沈兵的弟弟沈乒，那个没有手臂的男孩儿。

男孩儿整个身体都被人用绳子捆得结结实实的，灰头土脸的，嘴被手巾堵着，额头上还被磕得青一块紫一块的。原来，余桐听到的声音是男孩儿用头撞击放在地窖里的铁皮发出来的。

男孩儿被解开绳子，拿出堵在嘴上的手巾，才说出实情。

当时，男孩儿听到门外有敲门的声音，就走出房间去开门，结果刚走出门就被从后面上来的一个人打晕了，醒来时发现四周黑洞洞一片，只能看到头顶有几缕细长的光线。他这才明白，自己是躺在地窖里。他既没有听到那个人的声音，也没有看到那个人的长相。

男孩儿脸色苍白，被撞破的头还在流血，他的脸上呈现出痛苦和委屈的表情，看不出他和这件事有任何牵连。

余桐如坠云海，脑袋里出现一大堆硕大的问号，这究竟是怎么回事呢？首先，他对男孩儿的话并没有怀疑，他认为男孩儿的话是真的；男孩儿确实是被打晕，后又被扔进地窖的。但是，男孩儿到底是不是魔鬼的同伙呢？判断这个问题，最重要的是要知道男孩儿是否撒谎。男孩儿要是撒谎了，火就是沈兵放的，敲门声也就是一种暗号，男孩儿听到暗号后出门，之后，沈兵以最快的速度将男孩儿捆起来，再把他放到地窖里，最后放火，制造出是他人所为的迹象。若男孩儿的话句句属实，确实是被人打晕的，那个魔鬼就会是另有其人了，这个人先是敲击地窖上面的铁板，发出和铁门类似的声响，引诱男孩儿出门，将他击晕，捆好，放入地窖，这样，既可以将男孩儿藏好，避免发出声音，又能达到欲盖弥彰，嫁祸于沈兵的目的。

嫁祸于沈兵？余桐惊奇地发现这个猜测。

沈兵不可能放火烧自己家的房子！烧自己家的房子不是不打自

招吗？他也不可能把自己弟弟扔到地窖里，他赚钱都是为了弟弟。地窖里空气稀薄，随便将人扔下去不是有很大的生命危险吗？基于以上两点，余桐认定魔鬼根本就不是沈兵，魔鬼是另一个人。他了解余桐和顾美的意图，看出余桐已把目标锁定在了沈兵的身上，并且知道余桐和顾美要到沈兵的家来找他，所以，事先做好了准备，计划周全，他的目的只有两个：一是嫁祸于沈兵；二是置余桐和顾美于死地。可是现在，这两个目的都落空了。

余桐在救护车上陪顾美的时候想，既然魔鬼不是沈兵，那真的沈兵又到哪里去了呢？怎么会突然消失了呢？

第十一章　暗室藏尸

　　余桐和顾美回学校时路过沈兵的理发店，发现店还是关着的，门上还挂着那个"暂时停业"的牌子。

　　当时他站在街的对面，离理发店很远，他看到有的人走过理发店时都捂着鼻子或者是绕行。一位中妇女皱着眉头从店门走过，又穿过街向余桐这边走来。

　　他拦住她问："为什么大家从那里走都捂鼻子？"

　　"从门里传出一股非常难闻的气味，很臭，像腐烂的肉。"女人说完又捂着鼻子扭着走开了。

　　他听到这话，整个神经都绷紧起来，他有种不祥的预感。

　　他并没有让顾美发觉自己的紧张，而是先把顾美送回了学校。

　　随后，他一个人来到了沈兵的理发店前，天阴沉沉的，没有一丝阳光。

　　他凑近沈兵的理发店，一股非常难闻的臭味向他扑面而来，那气味很浓，很明显，是从理发店里飘出来。

余桐顶着难闻的气味，走到理发店门口，扒到窗子外的铁皮门上，试着找个缝隙看清里面的情况，找来找去，只找到一条狭窄、细长的缝隙。

透过那里，看到的只有漆黑一团，什么也看不到。

十分钟后，余桐报了警。

不一会儿，警察就到了，为首的还是那位好心劝告余桐的鳄鱼警察。

余桐向他们说明情况后，请求他们撬开店门，因为他认为也许可以从上锁的店里找到一些沈兵失踪的线索。

警察开始动手，撬开了店门，当店门被打开的一刹那，所有人都不约而同地用手捂住了鼻子，房间内里那股恶臭简直令人作呕。

原本漆黑的房间变得清晰可见，灰尘在阳光下翻腾着，理发店的镜子里反射出一股清冷的光芒，透过光线昏暗的房间，余桐看到在镜子前的椅子上垂下一只手，那只手十分苍白。

他走近后才看清，那里原来坐着一个人，他背对着大家，在椅子上方可以看到个浑圆、光亮的头。

在理发店的地板上，淌着一摊已经变成黑红色的血迹，地板上的头发屑被刮进来的风吹得滚动起来，像一个个远走的灵魂。

余桐终于看清了这个人的脸，他就是沈兵。

他的头被剃得光秃秃的，他的眼睛还在直直地瞪着白色的棚顶，他的脖子上有一条张开的大口子，他的右手边的地板上是一把锋利的刮脸刀。

沈兵已经死去很久了，尸体早已腐败，那难闻的恶臭就是从他的身体里发出的。

经过鉴定确认，沈兵是在四天前死的，也就是余桐和顾美前往龙镇的前一天。

　　从现场的情况分析，沈兵分明是自杀，他先是剃掉了自己的头发，然后才割喉自杀的。

　　但是在现场根本没有找到他的头发。他的头发到哪里去了呢？难道他会先把自己剃成秃子，接着又把头发藏匿起来，最后又把自己锁到了店里才开始自杀？这岂不是太荒唐了？

　　沈兵的死说明余桐先前的猜测是正确的，也就是说在龙镇放火的那个人根本就不是沈兵，沈兵的弟弟也没有撒谎。余桐去龙镇那天，沈兵已经死了，他根本就不可能死而复生去放火，时间不符。

　　既然火不是沈兵放的，那他的死又从何解释呢？他是自杀还是他杀呢？会是那个为罗亦然剃头的魔鬼吗？

　　余桐想起罗亦然被害的前一天晚上，沈兵的行为非常异常，那时余桐就开始对他产生怀疑。自始至终，余桐都没有打消对沈兵的怀疑，他认为沈兵就是那个魔鬼：最初，他开始跟踪罗亦然，后剃掉她的头发，又接二连三地剃掉其他女孩儿的头发，最后又丧心病狂地剃掉了自己头发，并选择自杀。这种推断看起来合情合理，但实际上却隐藏着一个不可能——沈兵不可能自杀！

　　他肩负着为弟弟赚钱上大学的希望，怎么会轻易放弃自己的生命？即使是因为剃掉女孩儿的头发而内疚，也不至于拿起刀自杀呀！况且，经过多次接触，余桐发现沈兵是一个极其胆小的人，怯懦而软弱。这样的一个人怎么会拿起刀来自杀呢？自杀也是需要勇气的，他根本就没有这种勇气。

　　突然，余桐又想到了在龙镇想起的那两个字：嫁祸！若上次是嫁祸，这次也许也是一个嫁祸，也就是说沈兵是他杀。那个魔鬼仍然逍遥法外，他害怕暴露自己，才选择杀人。

像沈兵这样一个胆小、与世无争的人怎么会惹到这个魔鬼呢？这个魔鬼为什么要杀他？难道沈兵接近了真相，魔鬼是杀人灭口？

余桐为自己的想法差点儿叫了起来，杀人灭口！就是杀人灭口！

第十二章　追踪幽灵

"找到了！你们看这是什么？"一个警察惊喜地叫了起来。

警察右手举起了一个挂满灰尘的本子，他是从理发店后面的小床下面发现的："这是沈兵的日记。"

房间里的所有人都把目光聚集到了那个小小的本子上，余桐和鳄鱼警察也凑了过去，警察把日记本轻轻地放到了理发店的桌子上，那张桌子上洒满了温暖的阳光。沈兵的尸体已经被弄走了，可屋子里还残留着腐尸和血液混合在一起的味道，熏得余桐头晕目眩。

大家如获至宝地注视着那个本子，蓝色的本子上面覆盖着一层淡淡的灰尘，好像被水浸过，纸张有些变形，而且还散发着一股发霉的味道。

本子的第一页写着沈兵的名字，第二、第三、第四、第五页是世界地区时刻表、电话区号及电话记录页，很普遍的那种。

正文那页日期是 2000 年 6 月 14 日

……今天的生意很不错，理发的人络绎不绝，来做头发的女生也很多，看来又要迎来一个生意兴隆的夏季了。尽管一整天的忙碌令我腰酸背痛，但是那是值得的。昨天又收到了父亲的来信，弟弟的期中考试又是全班第一，看来考大学是十拿九稳了。弟弟虽然双臂残疾了，但他的脚还是可以灵活写字的。他从来没有给我写过一封信。自从上次因为我跟踪那个女人被警察抓到，他就很少理我了；他的目光中充满了鄙夷和轻视，可以看出他为做我的弟弟而感到耻辱。说起那次跟踪真是令人汗颜，如果那个女人真的是她，被人抓到也就罢了，可惜不是，她们两个人只是背影很像，那个长相丑陋的泼妇竟然指着我的鼻子尖骂我是变态狂。我最讨厌别人说我是变态狂了，一怒之下，我来个顺手牵羊，抢了她身上的所有财物（除了衣服），幸好我的情节不是很严重，还有片警小刘为我说情，警察只是对我批评教育一番，关了我两个月后就放我走了。我做过保证，要痛改前非，洗心革面，重新做人。可是，每当她笑容灿烂地走进我的理发店，坐在我的面前的时候，我的心又开始蠢蠢欲动。能够看到她真是我最大的幸福，她是我生活的动力、是我命运的主宰者——世界上最远的距离就是你站在我面前，却不知道我爱你。她能感觉到我爱她吗？每当我看着她美丽的脸庞，这样胡思乱想的时候，她都会吃惊地望着我，说，喂，麻烦你快一点儿好不好？我要赶火车去接朋友的！这时，我才想起自己的职责，我只是一个理发师而已。她要去火车站接她的男朋友。她叫罗亦然，她从来没有留意过我，也不会感受到我对她的想念……

以后的几页都有些雷同，大多是对罗亦然的暗恋和内心的独白。余桐看着这本日记，感觉惊叹不已，这个外表龌龊、脏兮兮的马尾男沈兵竟会有着如此感性的内心，真是令他望尘莫及。沈兵暗恋罗亦然已经毫无疑义。那么，以后又发生了什么呢？余桐忙不迭地开始翻起日记来，他掠过了很多页，在8月份的日记里，他发现了一些小小的变化。

……昨天夜里放在门口的头发不见了，这已经是第三次了。那些头发都是干净的女孩儿长发，在她们的强烈要求下，我只好剪掉那些美丽的长发。当长发落下，女孩儿都会不经意落下泪来——她们失恋了。我把这些剪掉的头发收集起来、包好，装进了袋子里，放到了门边角落里。起初我并没有留意它，后来，在一次剪发的过程中，我猛地抬起头，突然看到了那只角落里的袋子，袋子是白色的尼龙丝袋，圆滚滚的，给我的感觉很不舒服，好像袋子里装的根本不是头发，而是一个蹲在那里的人。通过镜子的反射，我越来越感到那袋子里装的是一个人，一个可怕的人……理发的人走后，我走到门边，打开了袋子的封口，然后，我把右手伸了进去，伸进了袋子中的头发里——那些头发很细，毛茸茸地贴在我手背的皮肤上，痒痒的，我浑身不禁打了一个冷战，猛地把伸进袋子里的手抽了出来，那痒痒的感觉很像一个人的手在摸我。我把头放到了袋子口上，只看到一团黑黑的头发，令人毛骨悚然。我马上把袋子放到了外面。可是第二天，我出门时发现袋子不见了。那种恐惧再次向我袭来。我有个奇怪的想法：那些头发是有生命的，他们会长着腿自己跑掉的。有点儿荒谬的想法。次日，我再次把装有头发的袋子放到门外，又失踪了。直至今天，袋子又失踪了。

8月15日　晴

　　我决定今天晚上不睡了，倒要看看门口的袋子是被谁拿走的。

　　我关门时已是晚上九点，我悄悄地把袋子放到了门口，关上了灯，然后蹲在门口听外面的声音。窗外人声鼎沸的街道已安静了许多，偶尔几辆车子疾驰而过，有风从门缝吹了进来，吹到了我的眼睛上。我目不转睛地盯着门外，这时，一辆大货车从街上疾驰而过，一道黑影也从我的眼前晃了一下，黑影很大，像大货车的影子又像人的影子……我拉开门，发现放在门口的袋子不见了，我跑到街上，只看到一个纤细的黑影在街角闪了一下就消失了，他的肩上还扛着袋子，戴着口罩，那人的头发很长，在月光下被风吹得飞扬了起来。我追到街角，那人早已消失不见了，那人到底是男是女呢？？？……

　　日记里点的三个问号写得很大、很粗，分明是用笔特意描过，可以看出，沈兵对这个人的性别问题也是存在着很大疑问。飞扬的长发、纤细的身体，这分明是个女人啊？余桐有种豁然开朗的感觉，自己先前只把注意力锁定在男性身上，认为只有男人才会干出剃女孩儿头发那种事情，竟忽视了这个魔鬼可能是个女人。这个女人半夜偷沈兵的头发做什么？她到底有什么企图？余桐继续看了下去……

8月24日　晴

这天，我再次放一袋子头发到门口，晚上，那个人又来了。

黑影在我的眼前闪了一下，就没有了，好像他就站在门外一样。

透过门板，我似乎可以听到他喘息的声音。我轻轻地打开门，发出了"吱吱"的声音，门缓缓地开了；外面很安静，街上也没有几个人，我把身子探了出来。

突然，一个黑影向我猛扑过来，我的头被重重一击，然后我倒在了地上；我试图站起身，却感觉浑身发软，晕了过去。

我的头被打破了，流了很多血。庆幸的是没有击中要害，只是皮外伤。真是个噩梦的开始。

8月27日　阴

半夜，我被敲门声吵醒。我打开门，却不见人。

8月28日　晴

半夜，又有人敲门，打开门，却什么都看不到。

我可以猜到，是那个偷我头发的家伙干的，他是在有意折磨我……

日记纸只有一半，剩下的一半不知道为什么被撕掉了，撕掉的半页纸上还有一些字，但不知道到底写的是什么。沈兵为什么要撕掉这页纸呢？到底写了些什么？是写了一半后又后悔了吗？余桐又翻到了另一页，这页开头就写出了撕掉那页日记的原因。

8月30日　大雨

昨天的半页日记被我撕掉了。因为当时发生的事情太可怕了，我写到一半的时候放弃了，所以撕了。现在重写一下吧！

我简直不敢相信那是真的，因为那个半夜敲我门的家伙竟然说话了。

我当时蹲在门里面，敲门声过后，外面传来了"嚓嚓"的声音，好像那个人在挪动脚步。

我静静地听着，他突然顿了顿嗓子，说："你还我头发？"

这个声音很中性，有点像已故的一名歌手的声音，分不清男女。

我整个神经都绷得紧紧的，心"怦怦"地快要跳出来了。少顷，那人又说："没有头发，我就先走了，钱给你留下了。"

说完，一张二十元人民币从门缝塞了进来，屋外响起"嗒嗒"的脚步声。

那张人民币是真的，只是有点儿旧，币面上很脏，油腻腻的。

我非常厌恶这张纸币，尽管它要用我三个小时的劳动才能换来，但我还是把它扔了。这张纸币给我的感觉像冥币，不吉利。

8 月 31 日

早晨，我清清楚楚地看到了那个家伙了，他是从我的窗下走过的。

这只是一种非常强烈的感觉，感觉告诉我，走过我窗前的那个家伙，就是从门外塞进二十元钱的人。

他是个男人，短发，中等个头，很瘦，皮肤很黑，夹着一个黑色皮包。

他过我窗下的时候，我跟了出去，看到他走进了附近了大学，他是一个老师？

那个晚上看到的长发飞扬的人会是他？他是短发啊？怎么会是他？

余桐看到这里，终于看出点儿眉目来，沈兵所说的那个人就是杨老师。

杨老师是男人啊！沈兵看到的那个背影分明是个女人，这又是怎么回事呢？

……这天黄昏，我又看到了那个男人。

当时，我正在专心为一个女孩儿做头发，那个女孩儿是学校的学生，叫顾美。他的男朋友余桐陪她一起来的，他背对着门坐在椅子上看报纸。

我抬起头，看顾美的头型时，在镜子的反光里，我看到理发店敞开的门口站着一个人，他就是那个男人。他直直地站在那里，目光正好与我相遇，他好像站在那里好久了，不知道他在看什么，目光冷冷的，像秋风。

他看了我一会儿，又四下看了看屋子，特别是瞧了一眼余桐，皱了皱眉，之后，走掉了……

余桐终于找到他要找的东西了，这就是罗亦然被害那天晚上的事，沈兵以上的记录全都属实。当时，余桐确实是在百无聊赖地看报纸。既然这些都是真的，那么，就可以从沈兵以下叙述中了解当天晚上的真实情况了，理发店是否停电，杨老师是否又再次进入过理发店，并在罗亦然走后也走了出去……这些都将有个真实的答案了。

余桐走到屋子外面，继续看这本日记。

……天黑了，我还在给顾美做头发，余桐斜靠在椅子上快要睡过去了，我的脑子里还在想着那个人。他为什么要站在门口向里面张望，然后又扫兴地走了？他还会回来吗？他到底有什么企图？我越想越紧张，顿觉口干舌燥，我拿起桌子上的矿泉水就大口大口地喝了起来，大概是工作了一天的缘故吧，肚子饿得咕咕直响，好像肚子里藏了一个鸽子窝一样，这种声音真是令人尴尬不已。幸好，窗外车声阵阵，掩盖了我肚子里的声音，顾美才没有察觉。

这样过了一会儿，理发店又走进来了一个人，看到这个人真是令我又惊又喜，她就是我朝思暮想的罗亦然。

她站在黄昏的阳光里，她的长发被夕阳染成了金色，她没有变，依然是那么令我心醉神迷，看到她，我激动得差点儿一命呜呼。

她的到来令整个房间熠熠生辉，空气中的每个分子都活跃地跳起舞来，她像一缕阳光，照亮了房间里的每个角落，照亮了我这颗虔诚的、爱意融融、忠贞不渝的心。

罗亦然和余桐打招呼，又向他要电影票，她并没有留意我，可我却紧张得不得了，用一句肉麻一点儿的话说，就是魂都没了。当罗亦然走到我身边拿走顾美给她的票时，我紧张得竟然没有握住刀子，刀子掉在了地上。

余桐惊诧地看着我，一定以为我是个神经病，或者是图谋不轨、心怀巨测的家伙。如果他那样想，那可真是冤枉我了。

余桐和顾美付钱的时候，罗亦然兴高采烈地坐到了椅子上，天已经黑透了，可我的心里充满阳光，温暖而和煦。

正当我陶醉在与罗亦然的近距离接触时，理发店的门被人推开了，进来了一个人。

他就是那个怪里怪气、鬼头鬼脑的家伙。他不声不响地走进来，然后，一屁股就坐到了余桐刚坐过的位置上，在他的身上，我可以嗅到一股凶狠、残暴的气息。

他的皮肤黑黑的，虽然他有点儿偏瘦，可身形很强壮，一看就知道是个凶悍的家伙。

我把他和夜晚敲房门又袭击我的家伙联系起来，反复对照，我惊奇地发现他们是那么相似，简直就是一个人，他坐在那里，那股熟悉的气息从我背后传了过来，难道真的是他？

一个是我最爱的人，一个是我最恨的人，我被夹在中间，真是有点儿措手不及，一点儿心理准备都没有。

过了一会儿，那个家伙居然站了起来，他的一双圆圆的大眼睛死死地盯着罗亦然。

他背着手，猫着腰，像煞有介事地走了过来，站直身体，仔细端详着罗亦然，脸上露出了狡诈、恐怖的笑容。

罗亦然也杏眼圆睁，怒视着他，说："你觉得自己冤枉吗？"

罗亦然的话像针一样刺中了他，他的脸色霎时变为紫红，表情很复杂，似笑非笑，好像他欠罗亦然什么似的。

他吞吞吐吐地说："你想错了！"

罗亦然的头发做完了；她收拾完毕，从包里拿钱给我。给过我之后，她又拿出了几张百元钞票，塞给了那个男人，说："这回我们两个就互不相欠了！"

之后，罗亦然低着头走了出去，她走到街对面，站在了车站彩色站台下；她仰起来，哭了。

站了一会儿，她又迈开步子向南面走去。

男人也走了出去，先走向北面，一会儿，也出现在罗亦然刚才站的那个彩色站牌下，又转向南。

我糊里糊涂地看着这一切，真不知道发生了什么，事情严重与否也未可知。

我担心罗亦然的安全，便也跟了出去。我果然没猜错，那个男人真的是去跟踪罗亦然的……

"这回我们两个就互不相欠了？"这是到底是什么意思？余桐反复思忖着这句话。罗亦然为什么会塞给杨老师钱？他们两个人之间到底隐瞒了什么样的事情？那次摔碎播放器的事情还没有了结吗？

……我刚走到街对面,就看到了站在街角的罗亦然和那个男人。

那个男人把钱塞给了罗亦然,她还在哭。男人表现出很惭愧的样子,好像在对罗亦然叮嘱着什么,说了几句就走了。

罗亦然转过身,朝电影院那边走去了。通往电影院的那条路行人很少,我这样做是为了暗中保护她。

由于我和她的距离特别近,在走路的过程中,她差点儿发现了我。

她走进了一个电话亭打电话,待了一会儿,她又离开了电话亭。

看她走开,我也从阴暗的角落里探出身子,跟上去,没想到她竟然会突然转过身,恰好我走在电话亭边,迈开右脚,我踏入了电话亭。

我的整条腿都露在了外面,被她看到了。

后来,她走了,我又跟了上去,直到电影院门口。我看到一辆的士在她面前停了下来,她上车后,车子就一溜烟跑得无影无踪了。

我想,她是返回学校的。

我又一路奔跑,抄近路到达了学校,当我气喘吁吁跑到学校门口时,看到罗亦然已经走进了校园。

我正打算离开时,看到学校树丛里站着一个黑乎乎的东西,他掩映在树丛深处,看不清楚穿的是什么,但我敢确定那是一个人。

他先晃了一下,然后慢慢地走了出来。她原来是个女人,戴着口罩。她的头发很长，被风吹得飞扬起来。

　　我终于想来起了，她就是偷我头发、半夜敲我房门又将我击晕的家伙。她怎么会在学校里？她藏在那里干什么？

　　……

第十三章　水里伸出惨白的手

　　沈兵的尸体被运走了。鳄鱼警察在公安局把余桐叫到了一边，告诉了他一个秘密。

　　"学校里又有两个女孩儿被剃了光头。"警察说。

　　"什么时候发生的？我怎么不知道？"

　　"就在昨天晚上，发生在绿园里，就是学校北面的那个公园。女孩儿是自己来报的案，她不想声张，也不想被人知道自己变成了秃子。"警察停顿了一下，"总和你在一起的女孩儿是你的女朋友吗？"

　　"是的。"

　　"你要保护好她。那个可恶的魔鬼已经到了穷凶极恶的程度了，他不仅剃人的头发，而且还杀人。沈兵的死就说明了一切。"

　　"你放心吧，我会保护好顾美的。当然，不管他躲在哪里，我相信也一定会把他找出来的，不管付出多大的代价。"

　　"你要小心。他已经开始注意你了，从沈兵家的大火可以看出他是想置你于死地的，也许他就生活在你的身边，怕你发现他，才会动了杀心。"

"这更说明他害怕了，不必为我担心。我会一步步撕开他的面纱，让他这个魔鬼大白于天下的……"余桐的手里依然拿着沈兵的那本日记，他这才反应过来，这本日记还有一部分没有看完。

余桐对坐在一旁抽烟的鳄鱼警察说："我可以把这本日记看完吗？从这里也许可以找到破案的线索？"

警察点点头，微微笑了笑，说："当然可以，但是你有没有想过，这些都是被害人在死前写下的日记，根本无法从日记中获得当时现场的真实信息。"

余桐认为警察的话也不无道理，但是，他越来越感到沈兵的这本日记蹊跷、有搞头，沈兵像一个善于讲故事人，他在向读日记的人不紧不慢地叙述着看到的一切。

从日记中可以看出，那天，罗亦然走回学校时，学校里出现了一个女人，她是早已藏在那里等待罗亦然的，还是碰巧路过被沈兵看到的呢？还有，最重要的一点，那个可恶的魔鬼为什么会在剃掉沈兵的头发以后，又残忍地将他杀害呢？他的杀人动机是什么呢？沈兵在看到那个女人以后，又看到了什么呢？

日记已经写了半本，在中间的部分是一张很漂亮的海滩图片，图片内容很单调，除了可以看到蓝色的海水以外，只能看到光秃秃的沙滩，椭圆形的，像一个人的脑袋。

……女人的影子消失了，我悄悄地走到了学校的西门旁边。

这时，学校值班室的门开了，一个男人走了出来，看不清脸，他四周望了望又回到了屋子里。

我本打算离开，可是一想到那个恐怖的女人，心里就七上八下的，担心她会对罗亦然不利。

最后，我也翻过栅栏进入了学校，走了很长一段时间，到了女生宿舍楼，发现门是在里面锁好的，而且看不出一点儿有人进去过的迹象——罗亦然根本就没有进宿舍楼？

她去哪里了呢？

我又去学校男生宿舍楼南面的树林，结果也没有找到她，四周安静极了。我来到教学楼的后面也没有看到。

夜晚的风凉飕飕的，吹得我瑟瑟发抖，在这空荡荡的校园里想必也不会发现什么了？

我索性向学校西门移动，当我走到西门楼体边缘的时候，我听到了奇异的脚步声。

脚步声是从宿舍楼里传出来的，首先看到的是一个清瘦的身影，他用钥匙打开门，走了出来，他走出来时故意放慢了脚步，蹑手蹑脚地向前移动，他离我越来越近，越来越近，我终于看清了他的脸……

在最关键的地方，沈兵却用笔涂掉了，涂得很彻底，根本看不到他到底在写什么。

在我看到他的那一瞬间，他好像也发现了我。因为我躲在黑暗里，他根本不可能看清我的脸。

可是，我看到他已经向我这边走来了。这时，我突然听到身后"咕咚"一声，吓得我赶紧跳了出来。

我转过身，仔细听，发现声音没有了。

那声音好像是水声，是什么东西落入水中的声音，应该是从绿园人工湖传来的。

我转身正要离开，发现学校里的那个黑影正向我走来。刚才一时疏忽竟然让他发现了我。

他把手伸入了腰间，抽出了一把刀子，他轻轻地打开，我这才看清，那是一把理发用的剃须刀。

我没有多想，一个箭步冲了出去，向学校北面的栅栏跑去。

他也加快了脚步，在我后面穷追不舍；我回过头，看到月光下的他正向我逼来，手里的刀子闪着寒光。

我跳过栅栏，翻进了学校后面的绿园公园。

绿园是敞开式公园，面积很大，种有数十种树林，树木枝繁叶茂。

我进入绿园后，发现那个人不见了，我的心一下子跌到了谷底。

四周静悄悄的，我发疯地向前跑，沿着光滑的石板路跑到了绿园的深处。

跑到一片茂密的树丛边时，一个黑影突然跳了出来。我只看到他的手臂在空中挥了一下，一道微弱的白光在我眼前闪过，双臂感觉像撕开一样，冰冷刺骨。

我向后退了一步，用手一摸，外衣上已是黏黏糊糊一片，温热的鲜血带着撕裂的疼痛使我猛地惊醒起来。

鲜血一滴滴掉落到了石板上，我被逼到公园的湖边，已是走投无路。

他挥舞着刀子再次向我袭来。我咬紧牙关，一不做二不休，我迎上前去，与他搏斗起来。

这个家伙非常健壮，如果没有长期的训练及当兵出身，他不会有这么强健的体魄。

　　在与他的搏斗中，我越来越感觉到自己的决定是错误的。我哪里是他的对手，简直是以卵击石，自不量力。

　　我和他都站在公园的湖边，有好几次我都差点儿掉下去。月光下，湖里的水黑乎乎的，什么也看不清。微风过后，湖里泛起一道道波纹，四周的树叶沙沙作响，远处可以听到午夜汽车急驰而过的声音，却显得非常微弱，都被密密匝匝的树叶遮挡住了。难怪没有人听到我和那家伙的搏斗声。如果我死到这里，都不会有人知道的。

　　突然，我感觉湖里的水波动得有些异常，好像有什么东西在下面游动。那个东西慢慢地向我这边靠近。说时迟那时快，我下意识地跳起双腿，猛地向后退了两步，这样，那个家伙就站到了我原来的位置上。

　　湖里的水突然波动了起来，那个东西终于出来了——一个黑乎乎的东西从水里冒了出来，像一个人的头顶。随后，从水里伸出了一双惨白的手，那细长的手指一把抓住了那个家伙的双脚，狠狠地一拉，"扑通"一声，那个袭击我的家伙就一头栽进了湖里。

　　那个家伙挣扎了几下就不动了，像被什么东西咬断脖颈一样，一点儿声响都没有了。

　　他的整个身体都消失在水里，水波一圈圈地散开，不见了。

　　我吓得倒吸了一口凉气，汗毛都快竖起来了，差点儿没跌坐到地上。如果此刻站在那里的人是我，那后果将不堪设想。那水底的东西到底是什么？

　　这时，我看到在那个家伙原来站立的地方竟然放着一个黑色钱夹，方方正正的，应该是那个家伙留下的。于是，我顺手把那个东西捡了起来，塞进了口袋里。

胳膊依然疼痛难忍，远处传来了脚步声和说话的声音，我迅速地钻到了树丛中，躲了起来。

走过来的人是几个巡逻的警察，他们走到了湖边。一个警察说："刚才明明听到这里有声音，怎么突然间就没有了呢？"

"不会是水里的鱼吧？"

"水里的鱼怎么会发出这么大的声音？再四处找一找吧。"

不一会儿，警察就走了，又过了很久，我才走了出来，在夜色中回到了理发店。

伤口不深，只是划出了两条口子。包扎完伤口后，我忽然记想了那只捡到的黑色钱夹，我倒要看看这钱夹里装的到底是什么东西？

第十四章　神秘的符号

余桐放下日记，长舒了一口气，缓解一下紧张的情绪。他坐在公安局走廊的长椅上。

那个鳄鱼警察已经去忙自己的事了。他在办公室里忙忙碌碌的，左手拿着电话，右手握着一个案卷，脸上呈现出急躁而复杂的表情。他透过玻璃窗向余桐投来惊奇和鼓励的目光，似乎在为余桐孜孜不倦的好奇精神而折服。

直到如今，余桐心中的疑团仍然没有消散，反而越来越浓密。

原本为以为此案只有一个专门剃人头发的魔鬼而已，没想到还出来了一个奇怪的女人。

不过，余桐最初的那个猜测依然没有改变过。尽管沈兵的日记中没有描述那个人的脸，但余桐预感到，那个人也许就是杨老师。

能够拿出钥匙打开宿舍楼门的只有管理员杨老师。他的钥匙总是随身携带，根本就没有被人偷走的可能。那个打开宿舍楼门的人不是杨老师又能是谁呢？

……黑色钱夹很破，看样子是用过很久的了。

里面装有几张钞票，夹层中还有四张军人服务社的优惠券。

在最里面的夹层里装的是一张白纸。

白纸有 A4 纸张大小，里面密密麻麻地写着一些人名，人名的后面写着一个数字。

刘天芒—24 ☆ 张佳—25 ☆ 余惠丽—4 ★、26 ★ 张敏—7 ★、27 ★ 蒋怀成—12 ☆ 唐宇强—15 ☆、16 ★……

一共有写着 18 个人的名字，后面跟随着 23 个数字，数字后面画有实心星和空心星的符号。令人费解，像一个收费记录似的。我并没有在意。

后来，我感觉很疲倦，就躺在床上睡着了。

我做了一个梦，梦见了那个家伙，当时我站在湖边，看着水里伸出的那双惨白的手把他拉了下去，他在湖里痛苦地挣扎着。

那个黑乎乎的东西终于露出了头，他乌黑的长发遮住了眼睛，我只能看到他那雪白的皮肤和张开的嘴，他用惨白的手抓住那个人的身体，然后张开大嘴，开始一口一口地撕咬那家伙健壮的身体——那个家伙在水中拼命挣扎着，向我挥舞着双手，大喊着："救命啊，救命啊，你快拉我一把，我快坚持不住了！"我突然感觉这个声音很耳熟，似曾相识，却怎么也想不起来是谁的声音。我边猜想着这种熟悉的声音，边向池边走去。走到池边的时候，我终于想起来了，那个人嘴里发出的竟然是我的声音。我刚想离开，可是已经来不及了，水里又伸出了惨白的手，抓住了我的双腿，我被拉了进去……

我从噩梦中惊醒，吓得一身冷汗，心脏仍然"扑通""扑通"地狂跳着。

他真的死了吗？我现在想的只有那个家伙的死活了。在与我的搏斗中，他突然被水里伸出的手拉入水中，之后又没有声响，难道他被淹死了？如果他被淹死了，那可怎么办？擅自闯入学校是我的不对，他追我也理所当然。如果我把他落入水中的事情告诉警察，那么我会怎么样呢？

警察会相信我的话吗？谁会相信从水里伸出手的这种说法呢？万一他死了，那么警察怀疑的人必定是我，而且我还与他搏斗过，我怎么能够使警察相信他不是被我推下水的呢？还有，警察问起我为什么闯入学校，我说什么，跟踪漂亮女生？乱了乱了！不行，绝不能报案，也不能把这件事说出去。牵一发而动全身，若是因为此事，而把我多年前夜里跟踪女人的事情也查出来，我还怎么在这里立足啊？

余桐终于找到了沈兵没有说出真实情况的原因。因为他的懦弱和胆小怕事，才耽误了破案的最佳时机。设身处地为他想想，那时如果出来报案，必定会引来无数的麻烦，也情有可原。现在关键在于那个钱夹里的那张纸，纸上的人名和符号到底是什么意思？其中又潜藏着怎样的玄机呢？余桐继续往下翻，终于在另两页的日记中找到了存放那张纸的具体地点，存放地点就在学校后面的绿园里。

……罗亦然在学校的楼顶被人剃光了头发，就发生在我碰到那个家伙的那天晚上。其间，我特别关心外面的传闻，从来理发的学生口中并没有听到绿园发现男尸的事，这样我也放心了，心想，也许那个家伙根本就没死。

是啊，我已经感受到了那个家伙的存在，而且离我越来越近，我相信他就是剃罗亦然头发的那个人。

警察和余桐来询问过我，我并没有说出那天晚上的事，不过，从他们的脸上可以看出，警方已经把罗亦然光头事件怀疑到了我的头上。

我把钱夹里的那张纸抄了一个副本藏好以后，我开始全心钻研纸上的符号。那些人名和符号像一个公式一样，我想这东西将来一定有用。如果那个家伙知道这个东西到了我的手上，我想他是不会轻易放过我的。我有种预感，在这些人名和符号中可以解出那个家伙的真实身份。

我试了好多次，都没有成功，这些人名和符号有些莫名其妙，找不到一点儿规律。

其实，这张纸上已经留有那个家伙的指纹了，是最有力的证据，但我还不能确定那个家伙是否就是剃罗亦然头发的人。如果只是巧合呢？所以，我还不能把这个东西交给警方。

我拿出纸上的人名问了一个来理发的学生，他说那个人是学校里某班的班主任。于是我就把整张纸都拿给他看，他一一说出了这些老师所在的系、班级的名字，原来，这些人名都是学校里的班主任。

这回我有了继续查下去的信心了。既然知道了这些人是做什么的，那人名后面的数字和符号又是什么意思呢？

我又把这些数字和符号重新排列组合,仍然没有找到任何破绽。我开始怀疑自己了,这张纸条是不是只是一个交款或者登记一类的东西,根本就不存在着什么意义呢?

　　……学校里又有两个女孩儿被剃头了,看来这个魔鬼还没有罢手。

　　今天,我买了礼物给罗亦然。听说她疯了,我想去医院看她。明天有空儿,就明天吧。

　　这几天总是阴天,气温也骤然下降。我发现那个家伙离我越来越近了,即便在夜晚我也可以感受到他在我房子旁边徘徊的脚步声。

　　我已下定决心,一定要为罗亦然报仇,不再做一个被弟弟看不起的胆小怕事的人。明天我就把那张纸交给警方,把我经历的一切都告诉他们,还有我所破解的符号秘密。

　　这几天我发现自己的房间好像被谁闯入过了,应该就是他。所以,我没有把符号的秘密写在日记里,他绝不会想到我已找到了答案?

　　电视机开着,里面播出一条关于利用头发致富的信息……

　　还是关掉电视,睡觉吧,明天还要去公安局……

　　日记写到这里已全部结束,余桐把日记交还了警方,从日记里可以看出,这是沈兵在死前最后一晚的日记,他根本就不会想到，就在他睡下后不久，便离开了人世。那符号的秘密到底是什么呢？在日记中并没有找到破解符号的过程。除了刚开始的那一丁点儿内容以外，他什么都没有留下。难道是纯粹的思维活动？符号的秘密只存在于他的大脑里，整个破解的过程就是一个思维挑战的过程？ .

第十五章　狩猎游戏

警方翻遍了沈兵房间的每一个角落，都没有找到钱夹里的那张带有指纹的纸，看样子是被那个魔鬼拿走了。

现在只剩下藏在绿园的那张纸条的副本了，可是警方也没有找到。在偌大的绿园里找一张纸条真是大海捞针。

余桐和顾美是利用中午休息的时间来到绿园。当时，公园里的人很多，余桐和顾美找了一把椅子坐了下来。

顾美说："连警察都找不到那个东西，你能找得到？"

"别着急。沈兵的日记里清清楚楚写着纸条藏在这里，只是我们寻找的方法不对。"

"方法不对？那应该用什么方法？"顾美神情专注地看着余桐，"快说，快说，你又想到什么好的办法了。"

余桐站起身，说："到时候你就知道了，也不是什么太好的方法。"

"哦，那我倒要一睹为快。"

两个人很快就来到了沈兵当天与那个人搏斗的湖边。余桐先是走到湖边，沿着小桥一直往上走，走到桥中间停住了。

"还记得沈兵的日记吗？日记里说，纸条的副本放在了一个最出人意料的地方。"余桐对走到面前的顾美说。

"当然，凭这么一句话就可以找到吗？"

"是啊，我已经找到了。"余桐说。

"找到了？在哪里？"

余桐朝公园旁边的街角指了指，说："看到街角站的那些民工了吗？可以去帮我借一把改锥吗？"

顾美很痛快地点点头："没问题。"

不一会儿，顾美借来了改锥，余桐拿着改锥走下了桥，来到了湖边的彩色步道板上，然后，拿起改锥的一端，轻轻地敲着地面，他连续敲了三块，敲到第四块的时候，他停了下来。

"纸条就在这里。"

余桐用钢锥掀起了那块步道板，在步道板下面，果然平放着一块小小的白色东西，余桐把那个东西取出来，打开一看，果然是那张写有人名、数字和符号的纸条。

"你太聪明了。可以告诉我是怎么做到的吗？"顾美说。

"警察以为沈兵会把纸条藏在桥下或者树根、假山背后什么地方，其实都是错的。最出人意料的地方不是那里，而是纸条原来掉落的地方。谁也不会想到沈兵会把纸条藏在他原来与那个人搏斗过的地方，这里才是最容易被人忽视的。"

下午余桐和顾美都没有课，两个人来到学校附近的黑白茶楼，开始研究那张纸条。

单拿出人名，列举出来就是以下内容：

刘天芒、张佳、余惠丽、张敏、蒋怀成、唐宇强、沈明、梁玉琦、冯柳、张强、鞠海清、常天、刘烨、陈喜太、方原华、石克、黄志国、路研

共十八个人的名字，而且都是班主任老师。写下这么多班主任的名字有什么用处呢？如果是简简单单的收费或者登记，不会只写班主任，应该有全校老师的姓名才对。即使是一个收费清单，那么每个名字后面的数字和符号又做何解释呢？那些数字从 1～30 中，选出了 18 个数字，而且一点儿规律也没有，像是一种编号。可是这种编号又是什么呢？余桐反复看着这张纸条，百思不得其解。为什么沈兵可以找出答案，我就不能呢？沈兵与自己相比，到底有哪些过人之处呢？

"你还有沈兵弟弟的电话吗？"余桐问顾美。

"当然有。不过，只是他弟弟学校的电话，可以找他的班主任老师。"

不一会儿，余桐拨通了沈兵弟弟班主任的电话。班主任是个很爽朗的人，很快就把沈兵的弟弟找来了，电话里传来了男孩儿沙哑的声音："你是谁？"

"我是余桐，我曾去过你家，还记得我吗？"

"当然，你有什么事吗？"

"你哥哥沈兵上学的时候哪一门课的分数最高？"

"这个嘛？"男孩儿迟疑了一下，电话那边传来鞋子摩擦地板的声音，余桐可以想象得出男孩儿用腿接电话的样子，"具体的我

不太清，我只知道他对数字很感兴趣，应该是理科吧！"

"好的，谢谢你，我知道了。"

放下电话，余桐脸上露出了神秘的笑容，他拿起桌子上的笔开始在纸上抄写起来，反复抄写那些数字。

"你问人家喜欢学什么有什么用？"顾美倒了一杯茶给余桐。

余桐把纸拿起来，共两张，一张写有密密麻麻的数字，另一张写有人名。

"你看，两张纸，一张是写人名写得居多，这是我的思考模式；另一张写满数字，这是我知道沈兵的长处后的思考模式。每个人都有一个思考模式，文理科的思考根本就是两个方向。我想沈兵也一定是从数字入手，才获得最宝贵的信息的。"

"嗯，有点儿道理。那么你找到答案了吗？"

"还没有。"

"你相信能在这简单的人名和数字符号中找出真凶？"

"这些人名和符号看起来简单，但是要破解可不会那么容易。夺回那带有指纹的纸条也是那个魔鬼杀死沈兵的重要原因。简单地说，他杀害沈兵有三个出发点：一是嫁祸。让人以为沈兵是畏罪自杀，这样可以躲避警方对他的注意。二是夺回纸条。目标就是因为纸条上留有他的指纹。三是纸条的秘密。这张纸条上必然隐藏着一个秘密。这个秘密是什么，还不清楚，但必定与那个魔鬼息息相关。他就是害怕沈兵参透其中的秘密才杀害他的。"

"你记得吗？沈兵在日记中曾提到，罗亦然被害的那天夜里，杨老师曾和罗亦然发生过争吵，后来，沈兵在学校里遇到的那个人还是用钥匙打开宿舍门的。只有管理人员才会有宿舍门的钥匙啊！

而杨老师恰恰又拥有着那把钥匙。"顾美边说边拿出自己的钥匙做示范。

"是的，许多事实都证明杨老师有重大嫌疑，可是，我们根本就没有证据指证他。沈兵是唯一一个见过魔鬼真面目的人，却已经死去。"

"如果魔鬼是他，他就一定会露出马脚的。还有，那天夜里，罗亦然为什么要给他钱的事，一定要查清楚。"

"哦，真的认真起来了。美美，看来你的推理能力不次于我啊！"余桐对顾美的表现有点儿惊讶。

"那是当然，我有个建议，纸条上的秘密是不是应该放一下。"顾美双手摆弄着长发，目光投向窗外人来人往的街道，信心十足。

"好的，这回先从杨老师入手。"余桐说到这里，忽然想起鳄鱼警察告诉他保护好顾美的话，又想起已经疯了的罗亦然，心中的怒火再次燃烧了起来。

余桐发觉，魔鬼的目标不只局限罗亦然和 A、B，如今，他那罪恶的双手已经伸向了学校里的每个学生，像一场残酷的狩猎游戏，他像野兽一样隐藏着，拿着刀子，时时刻刻准备着为人剃头，没有人知道下一个被剃头的会是谁……

第十六章　播放器的真相

"终于拿到值班记录了。你这次要怎么感谢我啊？我可是花了半个小时的时间与那个老巫婆软磨硬泡，磨破了嘴皮子，外加赔上两个肯德基汉堡的，真是损失惨重啊！"顾美手里拿着蓝色的值班记录本叫苦不迭。她总是这个样子，干点儿事情就怨声载道的，目的是为了从余桐那里得到一点点口头的安慰。

"好吧，下次双倍奉还，外加西餐一次、比萨饼两个，好吗？"余桐嘴上这么说，心里打的算盘却是，说是说，什么时候兑现就不一定了。

"这还差不多，你把我养得胖胖的，好有力气和你一起破案。"顾美把本子递给了余桐。

余桐翻开本子，找到了罗亦然出事那天的夜班记录，夜班里的老师一共有四个人：倪风、杨成清、常天、陆鸣。

"原来那天值班的有四个人，还有常天和陆鸣？我们怎么把他们两个人给忽视了？"余桐惊讶地盯着本子。

"我想现在这里应该可以排除倪风和常天了。出事那天，是倪风的腿摔伤的第三天，还打着石膏，根本就没有作案和与人搏斗的可能。常天也可以被排除。因为他是高度近视，并患有夜盲症，到了夜里和瞎子没有多大差别。还有，常天的身高也不符。从沈兵的日记可以看出，那个人的身高与沈兵差不多，在 174 ～ 176 厘米。而据我所知，常天比你还要矮，大概在 170 厘米以下吧！"

"比我还要矮，可是平时怎么没有看出来，每次我和他走在一起，都是差不多的。怎么会？"余桐不相信顾美的话。

"哟哟！！这就是你的大意了不是，男生就是不如女生细心。告诉你吧，我们寝室里有一个女生是常天的学生，她家是卖鞋的，因此，她特别喜欢留意别人脚上穿的鞋。一次在学校网络教室上课，需要换鞋，全班所有人的鞋都放在教室门口的地方。下课时，这个女生留意到有一双非常奇特的鞋，鞋的后跟儿非常高，就像女人穿的高跟儿鞋一样。不同的是，这双鞋是男式的——这就是所谓的内高跟儿皮鞋。她很疑惑，猜想这双鞋到底是谁的呢？于是，她就站在走廊里没有离开，像盯着一大捆钞票一样死盯着那双鞋。最后，你猜怎么着，穿上那双鞋的人居然是常天，差点儿没把那个女生笑死！"

"你们这些女生真是无聊，拿人家这种事情开玩笑。毕竟是人家老师的隐私，怎么可以当成笑料呢？"余桐也忍不住笑了起来。

"放开杨老师不说，说说陆鸣，他是体育老师，身材十分强壮，总是一副笑嘻嘻的样子，特别是和女生在一起的时候。大家都很讨厌他，认为这个人不大地道。我想他的嫌疑也很大。"

"美美，怎么啦，一副凶巴巴的样子，难道你要把全校老师说得一无是处不成？我对陆老师的印象还是很不错的，我们在一起打过几次网球。"余桐爱怜地拍拍顾美的小脑袋，发现她的情绪有点儿不对，"你说他不大地道是什么意思啊？"

"这个嘛？所有女生都知道的，只是大家没有公开议论而已。陆鸣上体育课的时候，总是有意无意地摸女生的头发。你知道我们班原来的体育委员小鱼吗？"

"知道啊，就是那个喜欢玩篮球、走路爱哼歌的高个子女生？"

"就是她。刚开始的时候，她总是闷闷不乐的。我们问她为什么，她也不说。每次体育课她不是迟到就是旷课。后来，她才告诉我们，陆鸣总喜欢摸她的头发。班里其他的女生也都有这样的遭遇，特别是头发漂亮的女生，被摸的次数最多。只是大多数人都没有在意。幸好，我没有被他摸过头发。现在想来心里总是怕怕的。想到他那副笑嘻嘻的样子，我就浑身起鸡皮疙瘩。"

顾美在说话的过程中，余桐一直沉默着，他那清瘦、细长的手指反复敲着值班记录本；他坐在窗前，在这里可以看到西门值班室的大门，倪风坐在门口，腿上仍然缠着纱布。电子门慢慢地打开了，杨老师开着一辆小货车进来了，刚进入院子就停下了。他伸出脑袋和倪风说话，微笑着。明亮的阳光洒在他们两个人的身上，倪风的拐杖上的金属闪烁着耀眼的光芒。

"你在想什么？有在听我的话吗？"顾美看到心不在焉的余桐有些气愤。

"我在听。我有事情想问你，就是杨老师和罗亦然的MP3事件最后是由谁解决的？"

"我想想哦……是负责学生管理的唐主任，罗亦然的班主任刘天芒的丈夫。"顾美的记忆力令余桐佩服得五体投地，她具有高超清晰的思维，对于学校里盘根错节、错综复杂的人际关系了如指掌，对学校里的奇闻怪事如数家珍。

顾美说完后，好奇地问："你怀疑了唐主任？"

"美美，你想到哪儿去了。如果每个人都怀疑，那不草木皆兵了。我是想从唐主任那里了解一些 MP3 事件的真实情况。"

"人家可是堂堂的主任，学校'四大护法'之一，有名的'鹰眼王'。那么凶的一个人会接受你的调查？"

"他敢不接受，我可以找人说情？"

"找谁？"

"当然是他老婆刘天芒了。绝大多数在学校里穷凶极恶、恨不得把学生一口咬死吞入腹中的老师，大都是怕老婆的。在家里受够了老婆的气，在学校里自然要拿我们这些穷学生发泄了。记住一条真理：学校里当老虎，回家当老鼠。这么简单的道理都不懂？唐主任亦是如此。"余桐自鸣得意起来，仰起脸来，看都不看顾美一眼。

"真是高见。不过，有点儿太绝对了。我们学校不是所有的男老师都像你说的那个样子的，顶天立地的男子汉还是大有人在的。"顾美愤愤不平地说。

"好啦，不和你吵，还是快点儿去找刘天芒老师吧。"余桐说。

两个人很快就下了楼，这里到刘老师的办公室还有一段距离，所以，要找代步工具。

"这么远我可走不动，要不然你背我吧！"顾美眯着眼睛望着余桐，慵懒的样子像一只刚睡醒的猫。

余桐扭不过她："好啦，我们先走，到人烟稀少的地方再背你吧！"

"这么大的校园上哪儿找人烟稀少的地方啊！亏你还能说得出口。放心吧，我不会这么不讲理的，我早就已经为你准备好了。"顾美快跑几步，推出了一辆漂亮的单车，"当！当！当！我已经为大侦探备车了。"

"那就走吧！"

"好啊，今天要改一改，我载你！"顾美又要逞能。

"好吧！随你。"

顾美戴上了蓝色的太阳镜，跃上单车，两个人直奔刘老师的办公室而去。

刘老师得知余桐的用意后，很快就给唐主任打了电话，唐主任非常爽快地答应了。

"鹰眼王"唐主任对余桐和顾美的到来非常欢迎。谈到MP3事件，他有点儿犹豫，但还是把真相说了出来。

"当时，罗亦然和杨老师在学校的走廊里吵了起来，影响特别不好。其实也没有什么，只不过是一个新款的播放器，摔坏了，修理一下就会好的。本来是很简单的一件事，却遇到了罗亦然和杨老师这么两个人。杨老师的妻子没有工作，还有病，生活很困难，所以，在摔坏罗亦然播放器的时候就没有声张。他的这种做法是不对的，但也情有可原，在情理之中。罗亦然家境很不错，从小娇生惯养长大的，父亲还是教育局局长，脾气被惯得不得了，眼睛里也容不得半点儿沙子，况且那个播放器还是罗亦然的男朋友送给她的，得知是杨老师摔坏后自然是得理不饶人，一定要杨老师说个明白。罗亦然倚靠父亲是局长的权势，当面就指责杨老师不道德。杨老师也是一时气盛，就和她在走廊里吵了起来。当时正是午休时间，围观的学生把走廊挤得水泄不通，影响极其恶劣。"

"那后来是怎么解决的呢？"

"罗亦然是刘天芒老师的学生，所以，刘老师希望我出面来解决这个问题。于是，我就把杨老师和罗亦然单独叫了出来，谈了一次。当时，他们的火气都消了很多，情绪也很稳定，我的话他们也都听了，罗亦然可以说是一个好孩子，在我说完后，她主动承认了自己的错误，并向杨老师道歉了。对于她的举动，我真的很佩服。"

"后来呢？"

"罗亦然说话的时候，杨老师的脸一会儿红一会儿白的，支支吾吾的，显得很惭愧。最后，他掏出了三百块钱给了罗亦然，在我的办公室；罗亦然没有要那个钱，她很激动，好像都快哭出来了。她走后，杨老师又追了出去，以后这件事就不了了之了，我也很快就忘掉了。没想到，罗亦然竟然会发生意外？你们是怀疑杨老师为罗亦然剃的头发？"唐主任很惊愕，脸色阴沉。

"主任，也不瞒您，我们也只是猜测，杨老师的作案嫌疑很大。"

"我相信他绝不会做出那样的事情来。他在我们学校工作十余年了，他的工作和人品，都得到了全校上下的一致认可，大家都很信任他，他绝对不可能干出那样的事来！"唐主任有点儿激动。

"主任，我们只是在调查。"

"哼！调查，你们又不是警察，不好好学习瞎调查什么？学生就应该有学生的样子。如果案子都被你们破了，那警察不都得集体下岗啊？"唐主任的情绪非常激动，又显示出了"鹰眼王"的气势来，既义愤填膺又语重心长，毕竟他面对的是两个傻乎乎的学生。

余桐被唐主任的气势吓傻，瞠目结舌地聆听教诲。顾美轻轻地拽了拽他的衣角，小声说："火山爆发了，还不快溜。"

　　余桐这才醒过神来，简单客套几句，连忙和顾美仓皇逃离了唐主任的办公室。

　　在他们身后，唐主任的声音还不绝于耳："这个刘天芒总给我添乱，看我回家怎么收拾你！"

　　"听听！又要逗能了。当着刘老师的面他才不会这么说呢？"顾美小声嘟囔着，频频回首望去。

　　"唐主任这人就是这脾气，刀子嘴豆腐心，大家都知道的。这次我载你。"余桐骑上了单车，"不过，从唐主任的话里我们可以证实一个推断了，罗亦然走出唐主任的办公室后，由于杨老师执意要赔钱，罗亦然便接受了他的那三百元钱！在罗亦然出事的那天夜里，她和杨老师在理发店相遇。因为她是个个性鲜明、从不欠人人情的女孩儿，所以，把杨老师给过她的那三百元钱又还给了他。杨老师的自尊心受到了重创，加上 MP3 事件搞得他在学校一败涂地，于是，他就痛下决心，剃掉了罗亦然的头发！"

　　"理由不够充分！动机有点儿牵强。"顾美一针见血地推翻了余桐的判断，"还缺少很多有说服力的线索。"

　　"当然，把值班记录本再拿来给我看一下。"余桐说。

　　顾美递给他记录本，余桐飞快地翻了翻，在一页停下了，仔细地看了看："快看这儿，在我们前往龙镇的前后三天里，值班的都不是杨老师，就在我们去往龙镇的那天，杨老师请假了！这里清楚地写着：杨成清请假一天。"

　　"哦，龙镇的大火会是他放的吗？"

"现在还不知道，我们必须要知道杨老师那天到底去哪儿了？"

"嗯，好的。"顾美坐在车后座，把侧脸靠在了余桐的背上，轻声地说，"我最近神经有点儿恍惚，总感觉有一双眼睛在后面盯着我们，我们的行动也都在他的视野里。有一件事特别奇怪，我的学生证丢了！就在昨天，我去图书馆看书，明明记得学生证是夹在书包本子里的，可是我到存包处取回包，回到寝室时才发现，学生证不见了！还有，我每次夜晚回寝室都感觉身后有人。那种感觉很强烈！"

"没事的，只是你的错觉而已。"余桐听顾美的话心里不觉一惊，一种前所未有的恐怖感觉排山倒海地向他袭来，令他毛骨悚然。

两个人的学生证竟然都丢失了！谁会偷这种东西呢？偷了这种东西又有什么用处呢？他的学生证丢了没有什么，可是，顾美的学生证怎么也丢了呢？这仅仅是一种巧合吗？两个人的学生证都不翼而飞了又意味着什么呢？

第十七章　恐怖的预兆

余桐把值班记录本拿给校总务处徐处长看。徐处长飞快地翻到了写着杨成清请假的那一页，他盯着那一页纸，眉头紧锁，右手五个手指反复抓着头发，一言不发。

"杨老师和我请假时只是说家里有事，并没有说去哪里。还有一点，我很不明白，请假是不必写到值班记录本上的。"徐处长说。

余桐拿过那个记录本，也发现写杨老师请假的那一行字很突兀，显得不伦不类。

"您知道这是谁写的吗？"

"不知道，总务处人员的字体我都是认识的，这种字体我从来没有见过！我想这字大概不是总务处的人写上去。"徐处长的话说得很坚决，认为这字绝不会是总务处的人干的，这是不容置疑的。

这就有点儿奇怪了！请假这种小事怎么会写到值班记录本上呢？写上了，字体又很陌生，是其他人写的，还是有人模仿了别人的笔体？写上这段话有什么暗示呢？

"这个值班记录本似乎是专门为我们准备的，还有这行字：杨成清请假一天。你不觉得吗？好像写字的这个人知道我们要看这个记录本，故意写上这段文章，告诉我们杨成清请假了！"顾美站在学校的操场上对余桐说。

"如果这个样子就太可怕了！也许这只是一个无意的行为，我们多虑了。"余桐突然想起学生证的事，"你的学生证找到了吗？"

"没有，我昨天又找了大半夜，把寝室翻了个底朝天，都没有找到，真是消失得无影无踪，有点儿邪门。"

"你知道罗亦然父母的电话吗？"余桐的脸上露出一丝不易察觉的微笑，他好像找到了新的缺口。

"你笑什么？要人家罗亦然父母的电话做什么？"顾美诡秘地笑着，翻出了电话本，认认真真地找了起来。

"我想证实一件事情。"

"找到电话了。"

"好的，马上拨通，问罗亦然的学生证在不在？"

"没问题。"

顾美打通了罗亦然母亲的电话；她母亲说根本就不知道罗亦然学生证的事，反正家里是没有，也许是在她原来的寝室里，因为她的大部分东西还放在寝室里呢！也许其中就有罗亦然的学生证。

下午，顾美又亲自去了罗亦然原来的寝室，她刚一开口问学生证，寝室里的几个女孩儿就全围了上来。一个女孩儿说："罗亦然的学生证早在她出事前就丢了。"

"具体是哪一天你们知道吗？"

"她出事的前三天。"

这样说来，罗亦然在被剃成光头的三天前，她的学生证就不见了。

余桐和顾美又分头去了被害的 A、B 以及在绿园被害的两个女孩儿的班级，了解到她们的学生证也全都丢失了，还都是在出事前几天丢的。

在校学生处，余桐还清楚地看到了申请补办学生证的学生姓名，其中就有 A 和 B。

余桐终于明白了一切，所有被剃光头的女孩儿被害前都把学生证给丢了，丢失得无影无踪，好像是有预谋地偷走了一样。最后，余桐得出一个结论：所有将被剃成光头的人都会丢失学生证。这种丢失是蛮横的，带有掠夺性的，是一种恐怖的预兆。如果这个结论真的成立，那么自己和顾美呢？两个人都丢失了学生证，这是一种偶然还是必然呢？余桐从心底里希望这种丢失仅是一个小小的偶然，一个巧合而已。与此同时，他又感到一种逃避的感觉，在逃避内心的恐惧。这种恐惧正一步步地向他逼近，预示着这将是一个无法逃避的残酷现实。

"你认为这种推断会是真的吗？"顾美静静地望着余桐。

"不会的，这些都只是我们自己的主观臆断，丢失学生证只是一个巧合而已，世上有很多事情是无法解释的。"

"你不要哄我了。七个人都把学生证丢了，这也是巧合吗？"

"是不是巧合，会查清楚的。我们现在需要知道的是杨老师是否和这个巧合有关。还有，他那天请假到底是为了什么？"余桐转移话题，不想使顾美感受到危险的来临，可顾美已经察觉到了他的用意。

"我想我们现在应该正视自己的处境。因为魔鬼的下一个目标就是我们了！你想变成秃子吗？你想成为沈兵吗？"顾美的声音越来越大，她的身体因恐惧而变得颤抖不已。

　　"美美，你冷静一下。我会在他向我们袭击前把他查出来的。你愿意和我一起查下去吗？也许这样会很危险！"余桐轻轻擦拭顾美面颊的泪水，从书包里掏出了一个黑色的东西递给了她。

　　"我愿意，你给我的是什么？"顾美打开那个黑色的东西，原来是一把锋利的尖刀。

　　"平时用来削苹果，危险时刻还可以防身。"

　　余桐和顾美走出大楼去找他们的单车，单车被放在大楼前面的停车棚里。余桐过去推车的时候，发现车子很笨重，推起来很困难，他低下头，发现车胎被人扎爆了。

　　他首先想到的是那个魔鬼，他是趁余桐不在，扎爆了车胎。真是下三滥的伎俩，一点儿创意也没有。

　　他和顾美走到学校西门的时候，看到杨老师急匆匆的背影在校门口消失了，透过值班室的窗口看到了倪风清瘦的脸，他正站在那里，眼望夕阳。

　　"杨老师这么急匆匆地去干什么？"余桐问倪风。

　　"去附近的旧货市场，这几天他几乎天天去！"

　　"他去旧货市场干什么？"

　　"不太清楚。"

　　"具体地点在哪里？"

　　"天桥街上的那个。"

　　"好的，谢谢你啊！"

余桐和顾美出了校门，直奔旧货市场。

天桥街的旧货市场是本市最有名的，旧货品种齐全，物美价廉，而且还都是规范经营，部分物品都在八成新以上，根本就算不上旧货。黄昏时分，是旧货市场最热闹的时候，整条大街人头攒动。余桐拉着顾美在人流中走了很久，终于看到了杨老师的背影。

杨老师在大街上走得很缓慢，他那瘦削的身影在人群中晃动着，影影绰绰，显得很虚幻，像一缕青烟。

他不时回头，偶尔驻足，好像在寻找着什么。

余桐和顾美紧紧地跟在他的后面；为了不被他发现，两个人分开走了，分别走在大街的两边。

余桐目不转睛地盯着杨老师，在他的眼中，杨老师已经成了那个彻头彻尾的魔鬼，只有把他作为魔鬼来对待，才有找到线索的可能。

杨老师在一个旧货摊前停住了脚步，弯着腰，手不停地舞动着，却看不清他是在做什么？

此时，大街上的人很多，余桐费了九牛二虎之力才挤了上去，终于看清了杨老师面对的那个货摊。余桐被那一条条黑乎乎的东西惊呆了；他想不通，杨老师究竟来这个地方干什么呢？

杨老师面对的是一个卖假发的小摊。

小摊上挂着一个个黑色假发，有长发、短发及各种颜色的假发，尽管都是旧的，却保护得很好，非常逼真。远处望去，那些高高挂起来的假发，就像一个个站立着的人，你只能看到他们的背影，却永远看不到他们真实的脸——这种想法使余桐感到非常恐怖。杨老师到假发摊来干什么？难道他也要买假发？

余桐只能看到杨老师的背影，他用手轻轻地摆弄着一个假发，却看不到他的脸，只能看到假发老板那仰起的肥胖的脸和一张一合的嘴，他们好像在讨价还价。

不一会儿，杨老师在买走一个假发后迅速地消失了。余桐马上去问那个假发老板，刚才那个男人都和他说了什么。

"没说什么！只是希望能够便宜一点儿，他说自己的一个朋友急需假发！"

"那他的手在上面反复摸什么？"

"他是在测量假发的大小，看是否适合他的朋友。"

他的朋友？杨老师的哪个朋友需要假发呢？他的这个假发到底是给谁买的？

第十八章　幕布里的女孩儿尸体

学校的艺术节正式开幕了，整个学校礼堂，张灯结彩，座无虚席，使人忘却了前一段时间学校里发生的一系列案件。

每个节目都精彩无比，赢得了场下一阵又一阵热烈的掌声。每一个上场的同学都竭尽所能，力争发挥出最好的水平，因为，任何一个小小的过失都逃不过台下观众的眼睛。

此时此刻，顾美正在后台紧张地忙碌着。四个节目以后，就是由她组织的舞蹈了。

可是，现在顾美他们还没有准备好。特别是那几个参加跳舞的男生，一个个呆头呆脑地站在一边闲聊，连服装都没有换上，完全不拿这次舞蹈当回事，气得顾美肺都快炸开了。

顾美气得冲他们大喊大叫，他们才不情愿地换上服装，换上服装后仍然像弱智儿童一样傻愣着，有的甚至还在打瞌睡。

余桐拿着节目单指挥着其他学生做好准备，根本就顾及不到顾美这边，但他知道那几个男生打瞌睡的原因。因为，昨天余桐在网吧里遇到了他们，这几个没心没肺的男生，晚上十点还泡在网吧里打 CS 和传奇，眼睛红得像兔子还不忍下机，真是令人叹为观止。

余桐相信顾美的能力，她组织的舞蹈不会有问题的。他关心的倒是：那个魔鬼理发师今夜会不会出现？杨老师今天会来看演出吗，还有哪些学生丢了学生证？学生证真的就和魔鬼理发师有关吗？这些问题在他的脑袋里反复跳跃着，像一只只跳过围栏的羊，一个又一个，反复反复，无穷无尽。

三个节目后就是顾美班级的舞蹈了。余桐开始为顾美着急了。这时，他突然发现顾美正站在深绿色的幕布后面发呆。

"你怎么了，出了什么事？"余桐问她。

"我们带来的假发不见了！就是从市文化宫借来的那七个假发。"

"你再认真找一下，看是不是掉在哪里了？"

"不用找了，我昨天把假发从市文化宫借回来后，就一直把假发放在寝室里。今天早晨来的时候我还看过包，假发都在。可是，刚才我找假发时，却发现包里是空的。假发丢了。"

"装假发的包你放在哪里了？"

"就放在后台楼梯旁边了，在我这里是可以清楚看到那儿，所以，我并没有担心，就把假发放在那儿了。"顾美指向了那个狭窄的楼梯，眼泪随之流了出来，"怎么办啊？我们的这个舞蹈是必须要用假发的！快帮我想想办法啊！"

"好的，我会想办法的。你先别哭了。"余桐站在幕布后面，惊恐地望着四周，他又感觉到了那种寒冷的气息，嗅到了那个魔鬼理发师的味道。

偌大的舞台上，红、黄、蓝、绿、紫五种颜色的幕布高高垂下，巨大的压迫感使余桐感觉很不舒服。后台阴暗潮湿，散发着霉味，一大群穿戴整齐的学生挤在狭窄的过道里，等待着上台表演。余桐望着那拥挤不堪的过道，望着那一双双陌生而深不可测的眼神。在灼热的灯光照射下和震耳欲聋的音乐声中，他体会到的却是一种濒临死亡的宁静，身处地下的寒冷。

　　还有两个节目就要到顾美了。

　　顾美哭得更厉害了。余桐除了安慰她，不知道能再说些什么。他无法将心中不祥的预感告诉她。余桐对顾美说："这样吧，一会儿，你们先上台，即使不戴假发也没有关系，你们几个女生不都是长发吗？要相信自己的能力，只要大家都努力了，就一定会得到观众的认可。不要因为这个而影响大家的情绪，好吗？"

　　顾美低着头，已化好妆的脸上显现出了两条细小的河流："好的，我听你的。"

　　顾美开始组织人员出场了。

　　余桐走出了后台，通过拥挤的狭窄过道，他想到观众席中走一走，看杨老师在不在。可是他刚走出过道，顾美就追了出来，她很焦灼地说："我们班跳舞的女生里有一个不见了！"

　　"什么时候不见的？"

　　"刚才，就在你走后，我再找就找不到她了！"

　　余桐没有多想，说："先别找她了，你们先把节目演完了。"

　　顾美还想说什么，却被余桐推了回去。不一会儿，他就在台下看到顾美他们上台了。台下响起了热烈的掌声。

　　余桐站在一楼昏暗的观众席中间，抬起头，看到无数双眼睛正聚精会神地盯着舞台；他转过身，看到走廊里走过一个人，这个人给他的第一感觉就是必须要跟上他，他就是那个魔鬼理发师。

当时是上午，天有点儿阴，他追出走廊时，只看到了那个人的背影在大楼的拐角处一闪，他再追上去，那个人已经不见了。

余桐的内心很不平静，好像有种东西在里面作祟，令他惴惴不安，那种不祥的预感再次袭来，到底是怎么了？他的心"怦怦"地跳着，似乎有什么可怕的事情已经发生了，而且就在他的附近，可他不知道在哪里，究竟在哪里呢？到底发生了什么？难道是顾美？顾美她还在台上？！不好！他飞快地跑回了大礼堂。这时，顾美他们的舞蹈已经结束。他在台下看到顾美正一步步地走下台。他穿过过道，来到了顾美面前："你没有事吧？"

顾美微笑着说："没事，怎么了？发生了什么？"

"刚才你说的那个女生找到了吗？"

"没有！"

"那丢失的假发呢？"

"也没有找到！刚才我一直在台上。你忘记了吗？"顾美诧异地说。

这时，顾美发现余桐愣住了；他站在原地，双眼惊恐地望着她的身后，死死地盯着那里，嘴上说："装假发的包是什么颜色的？"

"黑色的。"

余桐伸出手，指向顾美身后的一张桌子，平静地说："是这个包吗？"

顾美转过身，看到了那张布满灰尘的桌子上放着一只黑色的包，这只包正是她用来装假发的，包上面还印有流氓兔的图案。她打开包，发现七个假发一个没少，脸上露出了如释重负般的笑容。她的手还放在假发堆里，那些黑乎乎的东西滑滑的、乱乱的，很有趣——顾美把手又伸去一些，轻轻地摆弄着，这使她想起了沈兵日记中提到的那袋丢失的头发。正在摆弄的过程中，她突然有种黏黏糊糊的感觉，好像手上沾到了什么东西！

她试着拔出那只手，看到的是一缕带血的头发，那头发很长，似乎是真正的人发。

顾美一阵干呕；余桐走过来，认真地看着那缕头发，琢磨起来。

顾美气急败坏地冲他喊着："快把那恶心的东西拿开！快！"

余桐完全没有听进顾美的话，看到那黏黏糊糊的血，他又想起了那天发现光头罗亦然事情，一切居然是这么熟悉，罗亦然事情早晨的情况依然历历在目，每个细小的片断都在余桐的心中呼啸闪过；他感到身体里的血液都快沸腾了，耳边响着乱七八糟的声音，他料到这次事件一定非常严重，严重到什么程度他还不知道——那个他通过想象编织出的画面又浮现出来了：一个看不清脸的男人不紧不慢地给一个女孩儿剃头，他的手轻轻地在女孩儿头上划过；女孩儿完全成为秃子后，男人又凶狠地把刀刺入了女孩儿的胸膛。

不知道什么原因，巨大的深蓝色幕布产生了微小的晃动。余桐突然转过身，冲进了层层幕布之中，顾美紧随其后。他穿过紫、红、绿三层幕布，在后台的最深处，借着昏暗的灯光，他看到了一堆红色的幕布，幕布好像是被卷起来的，一层又一层。

余桐死死地盯着那红色的幕布堆。舞台上还在演着节目，棚顶的灯光变幻莫测，闪着鬼魅而恐怖的光芒。

有一种力量开始在余桐的身体里游走，驱使他走到了红色的幕布堆前，他双手用力地拉着幕布，一下一下地把卷着的幕布打开。

顾美束手无策地站在一旁："你要干什么？弄这个有什么用？"

"快来帮忙！"

幕布被一卷卷地打开。在打开最后一卷的时候，顾美吓得尖声惊叫起来；整个礼堂的灯似乎被她的叫声震碎了一样，闪了闪，舞台上的灯光有点儿暗淡⋯⋯

余桐依然不动声色地站在那里，看着幕布里的女孩儿尸体，她已经死了，她就是顾美临上台而找不到的女孩儿，她的头光光的，在红色幕布的陪衬下，显得异常醒目和惨白，她闭着双眼，十分安详，像在憧憬登台后那热烈的掌声，甜蜜而幸福⋯⋯

第十九章　迷　雾

幕布里的女孩儿是先被剃掉头发，后被卷入幕布中的，她是被活活闷死的。

在警察到来之前，余桐就开始了他自己的调查。

事后，顾美终于想起那个女孩儿是怎么回事了。顾美发现假发包不见后，就让大家四处找找，结果，那个女孩儿自告奋勇，说要到后台过道去找；顾美就告诉她，不要走远。其实顾美早就料到女孩儿并不是去找假发，而是借机找个安静的地方给男朋友打电话。对于女孩儿到哪里去打电话，顾美并没有放在心上。她知道女孩儿是个守时的人，平时练舞也是最认真的一个，会准时回来的，可是左等右等都不见她的踪影，顾美便出来找，还是没有找到。

后台的那个狭窄过道直通礼堂舞台最后面的地方，也就是三层幕布的后面。

余桐由此想到，女孩儿是走到三层幕布后打电话才遇害的。

随后，余桐便以学生会干部的身份到女孩儿的班级了解情况。

除了了解基本情况外，他最关注的就是女孩儿的学生证到哪里去了！

那个班的学生听到"学生证"这个词不以为然，谁也不知道女孩儿的学生证到底放在哪儿了。不知道是谁说了一嗓子，全班学生都把头低了下来，满教室地找学生证，可是仍然没有找到。最后，还是一个胖乎乎的女生想起了学生证的事。她站在讲台下面，离余桐最近的距离，那个女生虽然长得胖点儿，但脸形还是很好看的，她的眼睛哭得红了起来，可见她和女孩儿的关系。

她只说了两个字："丢了。"

"丢了？是真的吗？"余桐抑制不住内心的惊奇。

"她的家住在林区，乘火车要两天才能到达，用学生证可以减免火车票的费用，所以她一直像对待身份证一样对待学生证。可是，就在三天前，她告诉我，她的学生证丢了。"

"在哪里丢的？"

"让我想想，哦，好像是在网球场。她和我打网球，她的包就挂在栏杆上，没想到离开时，她打开包准备用学生证去火车站买一张票，结果发现丢了。可是我们从始至终都没有发现任何人靠近那个包啊！也许是因为玩网球，注意力不集中。"胖女孩儿用手擦着眼泪，手里握着死去女孩儿的照片，女孩儿的脸在她的手中变得扭曲而狰狞。

余桐认真地用笔记录着，至此，算上刚刚死去的这个女孩儿，学校里已经有八个人丢失学生证了，这难道真的是一种巧合吗？不是，这其中必有关联，难道真是应了最初的那个推断——丢失学生证的人就会被剃成光头？这是一种诅咒还是人为的预谋呢？

刹那，在礼堂走廊里看到的那个背影又闯进了余桐的记忆里，那个背影只是一闪，如白驹过隙，根本无法辨认出那个人衣服的颜色，记忆里只有一片灰色的混沌，模模糊糊，虚无缥缈。那个人到底是不是杨老师？如果真的是他，那就有问题了，只有本校人员才可以进入的大礼堂，在演出前，学生会已经安排人手在门口了。对了，找到当时站在礼堂门口的两个学生就可以得知杨老师是否曾经进入礼堂了。对，就这么做。

余桐为自己的想法感到惊喜，他又简单地和那个班里的学生聊了几句，就离开了。

在大楼门口，他碰到了顾美。

顾美的眼睛红红的，噙着泪水；她看到余桐的时候，眼泪就掉了下来。

她冲到他面前，抱住了他，她靠在他的肩头，失声痛哭。

"怎么了？哭成这个样子？"余桐说。

"那个女生的父母来了。当时我正好在寝室里睡觉，被门外凶狠的敲门声惊醒，打开门，她妈妈就问谁是顾美，我说我是，然后，她不分青红皂白地就打了我一巴掌。她还要打我的时候，被寝室里的同学拦住了。她说是我害死了她的女儿，还骂了很多难听的话。"顾美越哭越厉害，有一种不哭到天昏地暗誓不罢休的架势。

"人在极度悲痛和极度欢喜的时候大都会失去理智的。人家的女儿死了，能不伤心吗？情有可原。别哭了，我有件重要的事情要告诉你，非常重要。如果你再哭，我就不告诉你了。"

"什么啊！人家的脸都快要肿起来了，这不是重要的事情吗？还有什么能比得上这个。"顾美依然哭得不依不饶的。

余桐仔细端详着顾美那张挂满泪水、白里透红的脸，根本就没有发现要肿起来的迹象，但可以感受得到顾美的疼痛，只好说："臭女人、老女人真该死，把我们顾美打成了这样。叫救护车送你上医院吧。"

"救护车开不进来！"

"那我就背你去！"

"很远的，有几公里，你能背得动吗？我很重的。"

"没有问题。我是学校里的长跑冠军，你不知道吗？"

"那是当然。如果碰上女孩儿的父母，你怎么办？"

"我和他们拼命。"

"你有武器吗？"

"有啊，两用的，可以做武器还可以载你！"

"什么东西会有这样神奇的功能？"

"当然有了，保洁员刘阿姨手上的那根长兵器。"

"是拖把哦，你有没有搞错？"

"那是一把飞行器哦。我改装过的，飞天拖把。"

"瞎扯。"

"没有，是真的。"

"好啦，不哭了！"顾美擦干了眼泪，弄了弄头发，仰起头，"把那件重要的事情告诉我吧！你不知道我这个人的好奇心很强吗？"

"好吧，我们要彻底地查一查杨老师。"

"好的，我听人说死去的女孩儿也丢了学生证啊！这是真的吗？"顾美神秘兮兮地问。

"哪有的事，你不要听别人瞎说，女孩儿的学生证在他的老师那里。"余桐为了避免顾美产生恐慌，所以才编了谎话来骗她。

"我清清楚楚听我们班的同学说的。你是不是有事情对我隐瞒？"顾美说。

"没有。你知道艺术节那天，学生会是谁在礼堂门口吗？"

"当然知道，是文艺部的两个女生。"

"好，我们马上去找他们。"

余桐和顾美找了两个小时才找到那两个女生。因为她们两个是有名的逛街狂，人称"逛街双雄"，她们两个风风火火回来的时候，已经是下午三点了。

问起杨老师，其中的一个女生想了想，说："那天他来了。"

"什么？他来了！那我怎么没有看到他？"余桐说。

"他来了以后就坐在礼堂二楼的前排了，那是我们班的位置，所以，对他的印象特别深。"

"那他是什么时候离开的？"

"节目刚开始不久。"

"具体时间呢？他离开的时候，顾美的舞蹈上演了吗？"

"没有。等一下。"女生说着开始翻当天的节目单，找了出来，指给余桐看，"我记得是在六班蒋海晨钢琴独奏时，他离开的，也就是说在顾美出场前六个节目的时候。"

余桐又认真看了看节目单，细对了一下，发现杨老师离开的时候是早晨 9 点 20 分左右。

"他后来回来了吗？"余桐说。

"回来了。"

"什么时候？"

"顾美的节目开演的时候。"

"后来他走了吗？"

"没有。他是一直到节目结束才离开的。他有大礼堂的钥匙。他一直没走的原因，也许是怕学生损害礼堂里的物品吧！"

杨老师是在 9 点 20 分离开的，这说明他是在顾美的假发被偷前离开二楼的。那么，杨老师就具有了充分的作案时间。他是在顾美节目开始的时候回来的，那个时候大约是 10 点——9 点 20 分到 10 点钟这段时间杨老师去哪里了呢？

余桐后来又在校园里遇到了那天在过道里等待出场的学生，问起杨老师，他们纷纷摇头，尽管那天过道里很拥挤，过往的人也很多，却没有任何人看到过杨老师，这是为什么呢？那条过道是通往后台的必经之路。虽然有两个，但是另一个已经被封死了，根本过不了人，只有一个可以用。杨老师没有从那里通过。那女孩儿是怎么被剃光头的呢？难道在这座礼堂里还有其他的通道可以进入后台吗？

余桐和顾美从校园餐厅出来的时候，天快要黑了，学校主楼的电子显示屏开始出现滚动字幕，其中一条就有：校礼堂关闭，看电影的同学可以去学校里的其他电影厅。校广播台播着一首老歌，叫"我是一只鱼"，是一个没有留下姓名的同学为在礼堂里被害的女孩儿点播的。

学校里走动的人很少，平时卿卿我我的情侣们也消失得无影无踪了。一种邪恶的力量笼罩在校园里。谁也无法料到那个魔鬼理发师到底是谁，藏在哪里，什么时候会出现！

余桐和顾美正走着，一辆车在他们身边停了下来。余桐感觉到刹车带来的那股凉飕飕的风吹得他不禁一阵颤抖。

"余桐，天这么冷，你坐我的车吧！"

这个声音是从车里传出来的，非常熟悉，他就是余桐一直追查的人——杨成清。

余桐完全蒙了，他怎么突然来到这里的？难道这些天的行动被他发现了？他来干什么？顾美双手抱着余桐的胳膊，吓得缩成一团，小声对余桐说："快点儿走啊！还愣着干什么？你想送死啊？"

"好啊，只是不知道是不是顺路哦？"余桐说着打开车门。他拉着顾美的手；她想挣脱，却没有成功。余桐可以感受到她的恐惧，但是，他认为现在还没有查出杨老师到底是不是魔鬼理发师，拒绝了不好，而且天还这么冷。即使他真的是，那也绝对不会在车上动手的！不入虎穴，焉得虎子！余桐倒要看看杨老师的葫芦里卖的是什么药？

两个人上车后，车就启动了。

"你们是回寝室吗？"杨成清说。

余桐回答："是的。"

语言很简短、干脆。一问一答，好像双方都明白了对方的心意一样，然后，就是沉默。

余桐望着杨老师握在方向盘上那双细长的手，感觉口干舌燥、喉咙发痒。

车内很安静，没有人说话。

过了一会儿，杨老师突然说："学校礼堂里的那个女孩儿死得真惨。查出是谁干的了吗？"

"我们也不太清楚，警方正在调查这件事。"

"上次被剃光头的罗亦然也是你第一个发现的？真巧啊，你有什么感受？"

"感受只有一个，就是希望警方尽快抓到凶手。"

"谁又能知道那个凶手藏在哪里呢？你总是这么单枪匹马地查下去，又能得到什么呢？凶手怎么会那么轻易就被捉到？捉不到，你们岂不是徒劳无功？"杨老师说话的时候声音很缓慢，嗓音沙哑。其间，他还点燃了一根烟，抽了起来。

余桐听他说这话的时候神经突然绷了起来，发现杨老师的话里有话，好像在向他暗示着什么。他想劝我放弃调查吗？如果他是凶手，他的这些话又是什么意思呢？想拉拢我，还是收买我？

车缓慢地开着，因为要躲避随处可见的学生。

突然，刹车了，余桐感到身体强烈地晃动了一下，他看到在车的前面是一个女人，四十多岁，脏兮兮的，双手低垂，皮肤惨白，农村人打扮，边走边向杨老师点头，似乎在为自己鲁莽的行为表示歉意，她的姿态十分难看，脸色发红，头发束成一个发髻。

杨老师气急败坏地按着车喇叭，恶狠狠地说："没长眼睛？"

女人走了。

余桐望着那个女人远去的背影，感觉很熟悉，特别是那束起的发髻，令他想起女人的发髻解开后的样子。那一定会是长发，很长、很长……他在心里反复念着这句话，终于想到了那种熟悉感觉的来源了——沈兵的日记。

沈兵不是在日记里反复提到一个行为怪异，在夜间出没，偷他理发店的头发，又出现在校园里的那个神秘的女人。沈兵对那个女人的描述与刚才的这个女人简直是太像了。这种感觉非常真实：沈兵描述的女人就是她，就是这个冒失的农村女人。

余桐又想到了沈兵日记里描述的那双从水里伸出来的手，那双惨白的手，如死尸一样可怕的手，与农村女人的手竟是那么惊人的相似。如果农村女人就是那个神秘的长发女人，那么，她为什么又出现在校园里了呢？她到底是什么人？为什么出现在校园里？那一件件恐怖的剃头事件与她有关吗？

余桐感觉浑身冰冷，低着头，想着杨老师刚才的表情。他为什么会对农村女人那么厌恶？农村女人使他联想到什么？会想到水里伸出的那双惨白的手吗？

车到寝室楼下，停了下来。

杨老师还在一声不响地抽着烟，根本就没有让余桐和顾美两个人下车的意思。

车子里弥漫着浓浓的烟雾，顾美忍不住咳嗽了一声。车里安静极了，只能听到外面细微的风声，气氛有些瘆人。

余桐的心"怦怦"地跳着。他不知道，杨老师到底要干什么？

杨老师弹了一下烟灰，黑暗中可以看到烟头上红色的火星。

"你们怀疑到我头上了？"杨老师的语气很愤怒，好像什么都知道了一样。

他的话使余桐一惊，杨老师的话完全出乎他的意料。

"没有！没有！我们怎么会怀疑到您的头上呢！"顾美被吓得声音有些颤抖，说话支支吾吾的。

"哼！就实话实说吧，在旧货市场跟踪我也是因为这个？"

"我希望您冷静一些。我们只是怀疑，并没有说你就是凶手！"余桐说。

杨老师沉默许久，平静地说："你们下车吧！"

余桐和顾美这才战战兢兢地下了车，站在风中，顾美说："我感觉那些事不一定是他干的。"

　　"我希望不是他干的，但我总感觉这事一定与他有关。"

　　"是啊，他买那个假发又做何解释呢？还有他在大礼堂里的神秘消失。"

第二十章　学校大礼堂闹鬼了

学校的大礼堂里闹鬼了。

余桐听到这个消息的时候是在那个女孩儿被害的第四天，而这个传闻已经在学生中传开了，很多人认为是女孩儿的鬼魂回来了。

他是从一个平时很不爱说话的男生口中得知的。那个男生是余桐的室友，他是在一天夜里讲述那个可怕的事件的。

大礼堂自从那个女孩儿被害后就关闭了，一座装修豪华的四层楼就这样闲置了下来。为了确保大楼里物品的安全，学校每天安排两个人在那里值班。

白天的值班倒没有什么，可是到了晚上情况就变得复杂了，谁也不愿意睡在一个死过人的大楼里，而且那个女孩儿还死得那么惨。年轻人都不愿意干这个，学校只好从其他楼里抽调更夫来值夜班。

这样，每天晚上就有两个老头儿在那里值班了。最初的两天，并没有发生什么事情。

可是到了第四天夜里，情况就不一样了。

半夜里，老人被巨大的响声惊醒了。那响声是从学校大礼堂里传出来的，很大，好像是有人在舞台上跳舞的声音。

老人走到礼堂大门外，把耳朵贴在门上；他听到了脚步声，好像有人在台阶上走，一步一步，慢慢地走到了台上；接着，台上传出了频率很快的脚步声。

不一会儿，脚步声又停下了。

老人以为是自己听错了，就找来钥匙打开了门，走了进去。

这时，他发现舞台上什么都没有，也没有任何声音。他就打开了礼堂里的壁灯，借着壁灯的灯光可以看到舞台上的东西。

他抬起头，隐约看到舞台深处，在红色的幕布旁蹲着一个人。

那个人穿着白色的衣服，低着头，长长的头发遮住了整张脸，双手不停地在摆弄着什么，像一个正在系鞋带的女孩儿。

老人就问："谁呀？谁在那里呀？"

女孩儿不回答，仍然蹲在那里，埋头系鞋带。

老人就走了过去，通过过道，走进后台，来到红色幕布前，可那里什么都没有。

他正要离开时，礼堂里突然响起了巨大的国歌声："起来，不愿做奴隶的人们，把我们的血肉筑成我们新的长城……"

礼堂里的灯随之熄灭。

老人走下台阶时，一不留神从舞台上摔了下去，死了。

那恐怖的国歌声直到老人的尸体被抬走才结束。国歌声是从礼堂的音响里发出的。当工作人员关闭礼堂音响机器时，发现机器里有一盘国歌的录音带。

那盘录音带原本是放在机房的抽屉里的，可不知道是谁竟把那盘带子拿了出来，又放进了机器里，又把音量调到了最大，结果，吓死了老人。

后来，听说那个老人本身就有心脏病，那天只是心脏病发作。至于那个舞台上的神秘女孩儿，众说纷纭，可信度不高，但国歌声是真实的。

总之，谁也不知道那天，老人看到的到底是什么？那巨大的国歌声到底是谁搞的鬼？

为此，余桐决定亲自去调查究竟。因为他认为极为可能是有人故意搞鬼，用来迷惑人们。

校学生会决定半个月后在大礼堂召开一个演讲比赛。于是余桐以查看场地为名，进入了大礼堂。

那天是星期六下午，余桐从校团委老师那里拿了批条，来到了大礼堂。

大礼堂值班的人看到批条后，很痛快地打开了大礼堂的大门。他临走的时候对余桐说："很多人说这里面闹鬼，你还是别进去了！"

余桐微笑着说："我不相信世上有鬼，只相信自己的眼睛，你忙自己的事去吧！"

值班的人走了，整栋大楼又恢复了一片寂静。

余桐伸手打开了所有的灯，轻轻地走了进去。

放眼望去，只能看到一排排深红色的座椅，向着同一个方向。

他又打开了舞台上的大灯，整个舞台都亮了起来，只有通往后台的过道是黑的。

他正打算往里走，不经意间，他望了一下礼堂墙壁上伸出的那一大块玻璃，那是控制间的窗口，从那里可以看清舞台上的一切。

就在余桐准备收回目光时，发现那昏暗的窗口里好像站着一个人，好像是一个长发女孩儿，在静静地看着他。

看不清眼睛，面目模糊，大概是因为站在玻璃后面的缘故吧！

余桐快速地跑进过道，跑上通往控制间的楼梯，可控制间里什么都没有。

余桐打开了控制间的灯，发现机器上已经布满了灰尘。他走到机器旁边的椅子上坐了下来，仔细观察那台黑色的机器；他俯下身，发现机器的上面竟然有一根长头发。

在控制间的墙上贴着一张明星海报，白色的背景，明星那黑乎乎的长发直垂到腰间。他这才醒悟过来，刚才的那个长发女孩儿，就是这张海报的反光。

那根长头发有 30 ～ 40 厘米那么长，呈弧状躺在那里，像有人无意间落下的。余桐轻轻拿起那根头发，仔细端详起来，会不会是那个神秘女孩儿的头发呢？

他把那根头发放进了一本书里，然后，走下楼梯，到了后台。

后台的灯光很明亮，红色的幕布从棚顶直垂下来。余桐沿着红色的幕布往前走，走到尽头的时候，出现一节楼梯，楼梯是通向三楼的。

余桐顺着楼梯走到三楼。三楼是一个圆形大厅，以前是准备用来给学生练习舞蹈的，后来不知因为什么原因，大厅装修一半就停止了。

他站在大厅里感觉很冷，好像有一股风从外面吹了进来。

这时，余桐才发现，大厅中的一扇窗子居然是开着的，敞开的窗子被风吹得"啪嗒、啪嗒"地响着。他跑到了窗前，发现踏出窗子就可以步入三楼的平台，从平台就可以到达楼顶；而紧挨着大楼的是一棵枝叶繁茂的大树，树枝已经伸到楼顶的平台上了，枝节上淡黄的落叶摇摇欲坠。

余桐叫来了值班的人，问他这扇窗子原本是开着的吗？

值班的人使劲儿地摇了摇头，他说，大厅里的窗子他每天检查一遍，根本就不可能有敞开的。那这扇窗子又是谁打开的呢？

值班人的脸上露出了恐怖的神色，怯怯地说："不会是她干的吧？"

"我想就是她。"

余桐所指的就是那个神秘的女孩儿，他认为刚才那个女孩儿应该是从这里溜走的。可那个女孩儿真的是死去的女孩儿吗？根本就不可能。因为那个女孩儿的尸体此刻正在太平间里。她会从太平间里溜出来再来到这里吗？

她到底是谁？

余桐站在窗口思考着，看到楼下的草坪边坐着一个人，正在悠闲地抽着烟，那个人就是杨老师。

他来这里做什么？

第二天，余桐把捡到的头发交给了鳄鱼警察，经过鉴定，那根头发就是死去的女孩儿的。那个女孩儿是在后台遇害的，她的头发怎么会跑到控制间里呢？是剃她头发的魔鬼带到控制间的，或者，舞台上吓死老人的神秘女孩儿就是魔鬼假扮的？

第二十一章　失踪幼童的父亲

　　杨老师坐在大礼堂的楼下，使余桐想起杨老师那天在车里的一番话，那些话说明他已经掌握了余桐的一举一动；余桐的每次调查都是晚于杨老师一步的，杨老师总是抢在余桐前面做好一切，这使他根本就发现不了任何蛛丝马迹。

　　余桐并没有灰心，他坚信还可以找到线索，只是时机没到。

　　这天，余桐闲着没事去图书馆看书。他是校报编辑，想对校报进行一些改革，却无从下手，只好查阅一些以前的校报资料。

　　他找出了近二十年的校报，特别翻了翻校报创刊时的几期，大概时间在 1980 ～ 1986 年。

　　那时的校报印刷很粗糙，有的甚至是手抄的，内容很丰富，有国内外新闻、学生的文学作品、学习纲要、优秀学生事迹……特别是有一个"校内奇闻"最有趣，介绍的都是学校里的奇闻怪事，还有发生在师生之间的小新闻。

　　余桐看了几期，感觉很有意思，于是就专门拣"校内奇闻"来读。

不知道读了多久，余桐被一块很不起眼儿的文字吸引住了。

那是 1986 年 6 月 10 日出版的校报，在"校园奇闻"里写着这么一件事。

两名 5 岁儿童近日失踪

本报讯（记者刘思强）：6 月 7 日，校幼儿园两名 5 岁儿童神秘失踪。当日，校幼儿园老师带领全班 27 名儿童到少年宫参加舞蹈比赛。节目结束后，老师带 27 名儿童准备返回幼儿园，在少年宫门口，突然天降大雨，接孩子们的车迟迟不到。老师只好带着儿童在少年宫的大厅里等。期间，老师去了一次厕所，回来时，发现 27 名儿童只剩下了 25 个，问孩子们，孩子们说他们两个去院子里了。老师到院子里找，却什么都没有发现。老师随即报案，可小孩子至今下落不明。

两名儿童均为学校职工的子女，他们的名字是杨小天、陈遥……

余桐对这条消息产生了兴趣，他还是头一次看到在校报上登这种儿童失踪的消息，他继续翻阅以后的校报，在 1987 年 7 月 14 日的"校园奇闻"里又出现了一条类似的信息。

6 岁幼童被陌生人领走

本报讯（记者席悦）：30 日中午，一名在自家门口玩耍的 6 岁女童神秘失踪，据目击者称，小孩儿是被一个年龄在二十岁左右的女人领走的，小孩子的名字叫朱晨……另讯，27 日，警方又接到报案，报案人称自己 3 岁的儿子被陌生人领走……

余桐从一大摞散发着霉味的校报中抽出这两张报纸，认真读了不下三遍，每读一遍余桐的心里都有些异样，阅读的过程中，近一阶段校园内外的剃头、死人事件的情景不断在他的脑海里闪现，那一幕幕恐怖、令人作呕的印象已深深植于他的记忆中，这些记忆又与他眼前的幼童失踪事件混合到了一起，一个奇异的想法在他心中油然而生——剃头事件会不会与幼童失踪事件有关呢？

这个想法没有缘由，把不相干的两件事联系到了一起，却令他感到一种从未有过的激动。

余桐列举出了失踪儿童的名单：杨小天、陈遥、朱晨……

另一个失踪的孩子没有名字。因为那个孩子并不是本校职工的子女。

余桐突然想仔细了解一下失踪事件的，于是他又在纸上写下了写两篇消息的记者名字：刘思强、席悦。

余桐知道刘思强是化学系的一个老师，却一点儿也不知道席悦是谁、在哪里。情急之下，他只好向在学校里工作近三十年的几个老教授打听，教授说席悦五年前就出国了。

无奈之下，余桐只好把目标锁定在刘思强身上，尽管刘老师给人的印象并不好。

刘思强属于一个学者型的老师，戴着一副眼镜，走起路来总是扭来扭去的，像个女人。所以，大家都在背地里取笑他。

第二天，余桐在化学系实验找到了刘思强。当时，他正在做实验，穿着白色大衫，走出来时，身上带有一股刺鼻的药味，如今，他已经四十五岁了。

余桐开门见山地说明了来意，希望刘思强告诉他一些当年失踪儿童的事情。

"当时我是校团委的老师，喜欢在校报上发表一些短消息。那几宗失踪案很特别，好像至今都没有破案。"

"事情过去了这么多年，如果找到孩子了呢？"

"根本就不可能。失踪孩子的父母是学校里的职工。如果找到孩子了，我们当然会知道。"

"哦，那您可以把失踪孩子的父母名字告诉我吗？"

"没问题，朱晨是中文系徐丽的儿子，陈遥是外语系陈全生的女儿，那个杨小天我就不用说了吧！你不会不知道的！"刘思强说。

"老师，您在说什么，我什么都不知道。杨小天到底是谁的孩子？"

"你认识学校里的管理员杨成清吗？"

"当然认识了，我们都很熟。"

"杨小天就是杨成清的儿子。"

余桐听到杨成清的名字，不由得身体颤抖了一下，他感觉很突然。杨成清的儿子竟然失踪过？怪不得他的脾气看起来很古怪，说话也是冷冰冰、凶巴巴的。

"杨老师为了找孩子几乎倾家荡产，他的妻子也因为积劳成疾得了重病，家里真是一贫如洗。"刘思强言语中透露着对杨老师的同情和怜悯。

"杨老师的爱人得了什么病？"

"不太清楚。他是一个非常讲面子的人，从来不把家里的困难说出来，也从来都没有提过他妻子得了什么病。他不说，我们也不好意思去问。"

"这个样子啊！谢谢您啦，刘老师。"

余桐在回去的路上依然迷惑不解。杨老师到底是不是魔鬼理发师？他古怪的行为和冷漠的外表背后到底隐藏着什么秘密？罗亦然与礼堂里的女孩儿被害时，他都不知所踪；而他又曾经数次出现在马尾男沈兵的理发店里；他的身材又与沈兵在罗亦然那天夜里遇到的人又是惊人地相似；在余桐调查礼堂闹鬼事件时，他又莫名其妙地坐在礼堂门外的草坪上抽烟。这些只是巧合吗？还有，他为什么平白无故地买假发呢？通过以上疑问，余桐现在有这样一个推断：杨老师一直在隐藏着一个秘密，这个秘密始于他的儿子失踪后，这个秘密使他变得神经质，变得暴戾、凶狠、丧心病狂，变成魔鬼理发师。

可是，这个秘密到底是什么呢？

余桐百思不得其解。室外的气温只有零上几度，冷得他浑身发抖。

他抬起头，发现还有好长一段路才能到达最近的教学楼。寒冷使他由不得多想，迈开步奔跑了起来。

在奔跑的过程中，他看到有几位老师正急匆匆地向学校西门走去，出了校门，上了出租车，转瞬间就消失在了川流不息的大街上。

这时，顾美不知道是从哪里冒出来的，面带笑容地向余桐跑来。

"那些老师去干什么？那么急。"余桐问顾美。

"你还不知道吧？他们是去参加一个人的葬礼。"顾美说的时候脸上露出了愉悦的表情。

"哦，谁的葬礼？人家都死人了，你还这么高兴？真是没人性！"余桐看到顾美的举动很气愤。

"不是没人性，这叫报应，恶有恶报。我告诉你吧，那些人是去参加杨成清老师爱人的葬礼。"

"什么？杨老师的爱人死了？"

"是啊，今天早晨大家听说的。"

余桐差点儿背过气去："你怎么不早说，吞吞吐吐的，快走！我们一起去吧！"

"上哪儿？"

"去参加杨老师爱人的葬礼。"

"我不去了，你自己去吧，我怕见到死人。"

"好吧，那你留在学校，我去看看。"

半个小时后，余桐到达了杨老师的家。

杨老师住在一个居民楼的地下室，阴沉沉、黑洞洞的。

余桐没有下去，静静地站在门口，地下室里不断传出一阵阵凄惨的哭声，尖锐而刺耳，令人毛骨悚然。

杨老师家门口站着几个学校里的老师，他们肃立着，脸上没有任何表情。

不一会儿，两个老师不甘寂寞地小声议论起来，他们的话令余桐大惊失色。

"你知道杨老师的爱人一直戴假发吗？"

"不知道，他爱人为什么戴假发啊？"

"他爱人有病，头发都掉光了。"

"什么病啊？怎么会掉头发？"

"你好笨，我说掉，是为了好听。其实，杨老师的妻子三年前就已经疯了，疯了以后，就总是在人不注意的时候拔自己的头发，最后就全拔光了。"

"他妻子怎么会有这种怪癖？"

"听说是受了刺激。杨老师为了掩盖妻子的病情，就一直把她锁在家里，并给她戴上了各式各样的假发。"

"应该送到精神病院啊！"

"那是要花钱的。杨老师哪有那笔钱，只好把她放在家里，使得他妻子的病愈演愈烈。"

"他们失踪的孩子有消息了吗？"

"没有。"

余桐恍然大悟，原来杨老师在旧货市场买的假发是为他的妻子准备的，他的沉默和怪异都来自他那不幸的家庭，一切对他的怀疑都不攻自破。这样一个深爱自己妻子、背负亲子失踪伤痛的人还会有害人之心吗？魔鬼理发师不是他，另有其人？他还生活在我们周围，他到底是谁？

地下室里依然传出时断时续的哭声，使人倍感凄凉。余桐想走进去看看，却又感觉不妥，想必自己先前对杨老师大张旗鼓的调查，已对他造成了一定的伤害。如果这次再贸然闯入，一旦碰到杨老师，岂不尴尬，既是对亡灵的不尊重，也会平添杨老师的伤痛，雪上加霜。

余桐收回了踏上地下室台阶的脚步，转身离开了……

第二十二章　复活的她为你点歌

余桐又把"校园奇闻"里那两条失踪儿童的消息仔细读了一遍，反复思考，他总感觉这几起失踪案并不是像表面那么简单，在第二条消息中提到失踪了一个3岁的男孩儿，可是，这个男孩儿的资料却一点儿都没有。公安局里那厚厚的案卷，余桐也根本无法去查，而且他也没有任何理由请求人家帮他查资料。还有一个问题：那个男孩儿的父亲是谁？为什么男孩儿失踪后就再也没有提到过他的父亲呢？找不到男孩儿的资料，那他的父亲的资料应该不难找吧！

余桐又询问了多个学校里的老教授，他们那日益衰老的大脑无法再记起十几年前的事了，更别说一件小小的失踪案了。

在调查的过程中，顾美一直跟在余桐身边，走路的时候总是死死地拉着余桐的胳膊，不说话也不吃东西，眼睛布满血丝，低着头，经常左顾右盼，神色慌张。

余桐忍不住问她："美美，你最近怎么了？整天神经兮兮的。"

"最近我总感觉有点儿不对头。因为身边发生了很多奇怪的事情。"

"什么奇怪的事？"

"我总是丢东西，好像有人故意在偷我的东西。"

"哦，都丢了什么。"

"很多。最开始丢的是学生证。前几天，我又发现自己晾在寝室走廊里的衣服不见了。"

"哪一件？是不是被人拿错的？"

"就是我经常穿的那件白色的羊绒上衣。上个星期四，我发现衣服脏了，就拿出来洗了，洗完后就晾在了寝室走廊里。第二天早晨醒来，我发现挂在外面的衣服不见了。"

"是不是被小偷偷走的？"

"我想不大可能。只丢一件上衣并不算什么，最令人无法接受的是我放在寝室床下的白色旅游鞋也不见了，接下来是洗发水、化妆品、内衣……最可怕的是连我的手机都不见了。我可是一直随身携带手机的。一天晚自习，我趴在阶梯教室的桌子上睡觉，当时教室里只有我一个人，手机就放在书桌里了，结果，醒来时发现手机不见了。当时我的周围已经坐满了学生，可是谁都说没有看见。"

"嗯，有些奇怪。我现这些东西有一个共同点，就是都是你的随身物品，而且都是你最喜欢的。会不会遇到了变态狂？学校里偷别人内衣的变态狂，以前也有过。"其实，余桐对顾美丢的那些东西并不在意；余桐在意的只有那个学生证，那个学生证的丢失暗示着**魔鬼**的来临。他能偷到顾美随身携带的东西，说明他已经无处不在了。

"如果是变态狂，那就好办了。"顾美说话的时候眼睛瞪得圆圆的，恐怖地努着嘴，小声说，"最可怕的是这些东西都是她生前喜欢的。"

余桐一惊："她是谁？"

"就是那个在大礼堂被害的女孩儿。她生前非常喜欢和我在一起，而且对于我的东西她都是爱不释手，连我的学生证编号都喜欢，说我的号码比她的要好。她最喜欢玩我的手机了，有事没事地都借去打游戏。她曾说过，拥有一只像我那样多功能、漂亮的手机是她最大的心愿。我怀疑她根本就没有死，或者说她复活了！"顾美在说到"复活"两字时，校广播台的音乐突然响了起来——"各位同学，现在又到我们每天的音乐传情时间了。有一位没有留下姓名的同学为顾美同学点播了一首《姐妹》，她想对顾美说，以前我们是最好的姐妹，以后我们要做一对最亲密的姐妹……"

"不——"顾美双手捂着耳朵尖，摇晃着脑袋。

"你是我的姐妹，你是我的妹妹，不管相隔多远……"学校的广播里传出了张惠妹很多年前的这首成名曲。不知道是谁又把这只早已被人遗忘的歌曲选了出来，就像一位多年不见的老朋友，突然之间出现在了你的面前，令你措手不及、无言以对。

余桐把顾美扶到了甬道旁边的椅子上坐了下来。顾美依然双手死死地按着耳朵，眼泪从紧闭的双眼中爬了出来，顺颊而下……

"没事的，一切都只是个巧合罢了，和她一点儿关系都没有。"余桐安慰她说。

"不是的，这首《姐妹》早在半个月前，她就想在广播台点给我听了。由于准备艺术节的事，把点歌的事都忘到脑后去了。一定是她干的，一定是她，她又活过来了……"顾美依然大声地哭泣着。

余桐束手无策地站在她的身边，耳朵飘荡着那首十分好听《姐妹》。如今这首歌的每一句歌词都像一句句无法诠释的经文，蕴藏着深不可测的玄机。

余桐根本就不相信顾美的话，礼堂里被害的女孩儿复活了？死人会给活人点歌吗？这根本不可能，当初，他发现那个女孩儿的时候，她就已经死亡了。可是，那些丢失的东西又是谁干的呢？而且几乎每一件都是女孩儿生前的最爱。一定是有人冒充死去的女孩儿。那个冒充女孩儿的人是谁？他怎么会如此了解顾美和女孩儿的交往呢？那个人这样做的目的又是什么呢？

几分钟过后，广播里又传出来了顾美的名字，女主持人温柔地说道："一个不愿留下姓名字的同学再次为顾美点播一首歌，这首歌是梁静茹的《最想和你环游全世界》；她说，即使我们分开，我也会在一个非常遥远、寒冷的地方牵挂着你……"

这首歌也是顾美最喜欢听的。顾美已经坚信点歌的那个人就是死去的女孩儿，她在另一个世界给顾美点歌。因为顾美是她最好的朋友，她离不开她。

久久僵直站立的余桐突然拉起了顾美的手，奔跑了起来。

"你干什么？要带我去哪儿？"顾美在余桐后面说。

"如果你想见到她，就跟我来！"

"什么？你可以见到她，她没有死？"顾美不敢相信余桐说的话是真的。

"到时候你就知道了！"

余桐做事总是出人意料，甚至令人无法接受。这也是顾美永远捉摸不透他思维定式的原因。

不一会儿，余桐带顾美来到了四号楼。顾美这才缓过神来，原来他是带她来广播台的。

广播台正在播音。余桐想硬闯进去，却被一个高个子男生拦了下来。

余桐只好说明来意："我们想看一下点播单，想知道到底是谁为我们点歌！"

"我们从来不公布听众的点歌单，因为我们要为点歌者保守秘密。"高个子男生义正词严，丝毫没有妥协的意思，看样子是台长。

"好吧。如果我告诉你，为我们点歌的人很可能是死在大礼堂的女生呢？"

"你们不是开玩笑吧？"高个子男生脸色惨白，像观看外星人一样怀疑地望着余桐和顾美，拿不定主意。

顾美小声对余桐说："如果再晚一点儿，也许主持人就会把点歌单扔进垃圾筒了！"

"我们不是开玩笑，因为我认为点歌单将成为查明女孩儿被害原因的一条重要线索，希望你和我们合作。"余桐递给了高个子男生一个学生会干部的卡片，就硬闯进了直播间。

播音已经结束，漂亮的女主持人正手握一个纸团准备扔入垃圾筒。

余桐大喝一声："住手！"

吓得女主持人像看见食肉动物一样缩回了那只受惊的手。

余桐和顾美如狼似虎地扑到一大堆点歌单中，一张张查看，不放过任何一个小纸团、小纸条，到了最后却什么都没有找到。

这时，女主持人说话了："那些点歌单是三天前的，今天的在这里。"

很快，女主持帮余桐找到了那两张点歌单，余桐看到点歌单的一刹那，顿时泄了气。因为点歌单是电脑打印的，根本看不出是谁干的。

顾美站在一旁却一声不吭，慢慢地退到了墙角，她手指着那两张纸条说："你不用查，真的是她干的，她复活了。"

"为什么？"余桐气愤地问。

"因为她给网友写信都是打印的，每次打印出来的信又都是隶书，这是她一直以来的习惯。这两张纸条用的也是隶书。"顾美说。

余桐重新审视两个纸条，果然，纸条上的字体也是隶书。余桐根本就不相信自己的眼睛。为什么会有这么多的巧合？难道女孩儿真的复活了？还是她的鬼魂回来了？

那两张纸条是早晨主持人打开点播箱的时候发现的，点播歌曲的人只要把点歌单塞入点歌箱就可以，根本无法查明到底是谁做的。余桐完合可以想象出，一只纤瘦、清白的手是以怎样优雅的姿态把点歌单塞入点歌箱的，那是一只从太平间里跑出来的手，是一只死人的手……

不行，一定还有哪些地方没有想明白，或者哪个环节出了差错，一定是人为的。那么，到底是哪里出了问题呢？余桐感觉大脑一团雾水，无数碎片不规则地散落在心房里。如何才能把它们规则地排列起来呢？这个规则到底是什么？

余桐双手插在上衣兜里静静地走下楼梯，顾美走在他的后面。因为寒冷，他那伸进口袋里的手蜷缩地握着，一丝淡淡的暖意从指尖传出，最初的记忆又排山倒海地向他席卷而来，他又想起了沈兵，那个用生命证明自己坚强的人。

沈兵？想到沈兵，余桐不得不想到那本记录真相的日记，还有那张写满奇异符号的纸条。日记、日记，那本流水账一样记录了沈兵每天活动的日记，从那本日记可以了解到沈兵的生活方式、喜好及心理活动。那么，大礼堂死去的女孩儿会不会也有这么一本日记呢？如果有，会不会也记录着她每天的生活方式和所见所闻呢？

倘若女孩儿真的有日记，日记又被人偷走，那个人对女孩儿的生活习惯不就了若指掌了吗？包括与顾美的关系，还有女孩儿最想为顾美点的《姐妹》和《最想和你环游全世界》。

如果以前推测都可以证实，那么，可以说明一个问题，就是顾美物品的丢失、奇怪的点歌都是出自一个偷了女孩儿日记的人之手，他从日记中获得了重要信息。若这样的想法可以成立，至少可以得到两种可能：一是偷女孩儿学生证和日记的人就是杀害女孩儿的人，就是那个臭名昭著、恶贯满盈的魔鬼理发师。他杀害女孩儿后，从日记中得到关于顾美的信息，并把顾美作为下一个袭击的目标，先从精神上打垮顾美，再剃她头发，直至杀害她。二是这个人是顾美的暗恋者，他偷女孩儿的日记是为了获得顾美更多的信息，以近一步缩小与顾美的距离，所以才点歌给顾美。这个白痴根本就不会想到，顾美听到歌后会以为是来自死人的点歌。这种可能是余桐希望看到的。因为这是个小问题，充其量是个恶作剧吧！他此刻最担心的是发生第一种可能，担心魔鬼理发师已把目标锁定在了顾美身上；若真这样，那顾美就太危险了！

现在，证实以上两种可能的重要前提只有一个：女孩儿的日记到底有没有丢失？

余桐向顾美说出了关于日记的猜想，顾美很自信地回答："她是一直坚持写日记的，不是用日记本，而是在网上写。"

　　"网上日记？"

　　"当然，也许你没有试过。网上日记很简单，就是到特定的网站注册用户名，进入后使用特定的软件就可以写了。还有一种，就是写在自己的电子信箱里，据我所知，她的日记大部分都存在她自己的电子信箱里。不过，在她出事的前两天，我听她说自己的电子信箱密码被盗了。为此，她都气哭了。"

　　"密码被盗，也就是说有其他人进入了她的电子信箱？"

　　"可以这么说。"顾美说。

　　密码被盗，与余桐所想的日记被偷的初衷基本一致。他为自己的推断被证实感到惊喜。

　　余桐激动得差点儿跳了起来，如获至宝地内心念叨着"密码被盗"，密码、密码、密码……其实整个调查推理过程就像在破解一个密码，这不由得使他想到了沈兵留下的那张纸，那一连串莫名其妙的人名和符号。

　　密码——符号——号码！

　　余桐突然联想到"号码"这个词，纸条上神秘的符号会不会和某种号码，或者编号有联系呢？为什么每一个女孩儿被害前学生证都会神秘丢失呢？纸条上的符号会不会和学生证的编号有关呢？刹那，余桐想到了顾美曾经说过的一句话。

　　"顾美，你曾经说过死去的女孩儿喜欢你的学生证号码？这是真的吗？"

　　"当然是真的。因为我的学生证编号的最后两位就是我的

140

生日。"

余桐马上想到顾美的生日是 4 月 27 日，她的学生证最后编号自然是 27。"你知道女孩儿的学生证编号吗？"

"不太清楚，她给我看过，可是我忘了。"顾美不好意思地吐吐舌头，"你问这些做什么？"

"怎样可以查她的学生证编号？而且我还想查其他几个人的！"

"这很简单，到学校学生处去问就可以了，那里有全校学生的学生证编码表；我和那里的老师很熟，很快就会完成的。"

"我们现在就去。"

第二十三章　魔鬼的名单

余桐和顾美到达学生处的时候，发现没有人，一看时间，已是中午休息时间了。

两个人到达学校食堂时，已是人满为患，排队的长龙一眼望不到边，不知要排多久，两个人腹中空空、饥肠辘辘。

余桐决定和顾美到校外的餐厅大吃一顿。在校外拥挤的人流中，余桐看到了一个熟悉的背影，那是一个女人，穿得很土，背着一个黑色的大包，戴着口罩，农村人打扮。

不一会儿，那个女人也许是因为走累了，停了下来，站在街头喝起矿泉水来。

这时，余桐发现，她就是杨老师开车送余桐和顾美回寝室那晚碰到的女人。

怎么会是她？她到底是做什么的？为什么总徘徊在学校周围？

余桐走到女人旁边的时候停住了脚步，女人并没有留意他，依然喝着水，余桐仔细打量着她放在地上的那个大包。

那只黑色的包，里面鼓鼓囊囊的，从包里封口的缝隙看，包内还有一个包，层层叠叠的，像在隐藏着什么秘密一样。

这时，一个女学生拿着一个写着家教的牌子，走过女人身边时突然被女人叫住了。

女人说："你想去做家教吗？"

"是啊！你需要家教吗？"女学生幼稚地问她。

"我不需要家教，但我可以给你介绍其他的工作。"

"什么工作？"

"我们先走吧！边走边说好吗？"

"好的。"女学生说完就和女人一起向天桥走去。

余桐悄悄地跟在他们后面。女学生和女人没走几步，好像受了惊吓一样，就跑掉了，扔下傻愣愣的女人站在原地。

女人到底和女学生说了什么？她到底要给女学生介绍什么样的工作呢？

余桐让顾美站在原地，自己抄近路追赶女学生。

跑了两条街，余桐才追上了那个女生。

女学生说："你干什么？"

"我想知道刚才那个女人和你说了什么？"

"她是个精神病。"

"精神病？为什么？"

"她要我的头发。"

"她还说了什么？"

"她说自己是做头发生意的，可以带我出去闯世界。"女学生回答完余桐的话，就惊恐地跑开了。

女学生的头发的确很长，乌黑发亮，不次于罗亦然的头发。

做头发生意的？难道那只黑色大包里装的是头发？沈兵在日记中曾经写道，几乎每天夜里都会有一个人徘徊在房子四周，拿走他放在门口的头发，还袭击他，那个人是个长发女人。

沈兵所说的那个长发女人会是农村女人吗？还有沈兵在罗亦然出事那天晚上，看到学校里的那个长发鬼影也是这个女人吗？

大街上依然车水马龙、人声鼎沸，余桐体会到一种前所未有的孤独和恐惧，头发、头发，会不会在某一天自己也会被剃掉头发、变成秃子呢？他下意识地摸了摸自己的头发，在手指触到那蓬松的发丝时，他的心才略微感觉到一点儿安宁。

他记起了沈兵日记中长发女人的话："你还有头发卖吗？"

那种声音好像是从另一个世界传来的，阴郁而恐怖，似乎她索要的并不是头发，而是人的灵魂。

余桐回到天桥的时候，顾美还站在那里等他，她无精打采地靠在公交车站牌下，她的脸因饥饿和疲惫而略显憔悴，皮肤暗淡无光。

农村女人已消失不见，余桐的耳边仍然响着那句话：你还有头发卖吗？你还有头发卖吗？你还有头发卖吗？你还有头发卖吗……

两个人下午再一次来到了校学生处，这次来的时间正好。

学生处的老师拿出了全校学生证编号一览表，这些编号都是以班级为单位上报来的，是最新的，也是最准确。

余桐和顾美先找到了大礼堂死去女孩儿的学生证编号，女孩儿的名字被用红笔画了一个大大的"×"，后面用一条直线将其他内容都划掉了，意思是此人已经死掉了。在女孩儿名字后面就是学生证编号了，最后两位数字是：07。

看到"07"，余桐惊喜不已，看来自己的猜测是正确的。

然后，余桐又和顾美分别找出了罗亦然、A、B、绿园被害的两个女孩儿的学生证编号，再加上余桐、顾美、大礼堂被害女孩儿的编号，共八个人。统计结果如下：

姓名	学生证最后两位编号（以被害先后为序）
罗亦然	24
A	15
B	16
绿园女孩儿甲	20
绿园女孩儿乙	27
死去女孩儿	07
顾美	27
余桐	04

顾美看过列表后，不解地问余桐："这样排列有什么用处？"

"这样排列看不出什么来，如果我们再把每个人班主任的名字加上就不一样了。"

于是，顾美又从一览表里找出了每个人的班主任的名字，填了上去。

填完的结果如下：

姓名	学生证最后两位编号（以被害先后为序）	班主任姓名
罗亦然	24	刘天芒
A	15	唐宇强
B	16	唐宇强
绿园女孩儿甲	20	梁玉琦
绿园女孩儿乙	27	梁玉琦
死去女孩儿	07	张　敏
顾美	27	张　敏
余桐	04	余惠丽

"这是每个学生的名字、学生证编号、班主任的姓名，这有什么特别的吗？"顾美说。

余桐的脸上露出了诡秘的笑容，随手从身上掏出了那张沈兵留下的纸条副本，递给了顾美。顾美认真地看着那张字纸，惊叫了起来："余桐，你真是太神奇了！！"

纸条上的内容如下：

刘天芒—24 ☆　张佳—25 ☆　余惠丽—04 ★、26 ★　张敏—07 ★、27 ★　蒋怀成—12 ☆　唐宇强—15 ☆、16 ★　沈明—19 ☆　梁玉琦—20 ☆、27 ★　冯柳—04 ☆、26 ☆　张强—27 ☆　鞠海清—07 ☆　常天—08 ☆　刘烨—15 ☆　陈喜太—16 ☆　方原华—19 ☆　石克—21 ☆　黄志国—23 ☆　路研—27 ☆

"你先不要说，听我说，沈兵留下纸条上的人名和符号的意思就是那个魔鬼准备攻击的对象名单，纸条上的人名都是每个班的班主任，人名后面的数字就是被攻击者的学生证最后编号，这也证实了你最初的推断，丢失学生证的人将会遭到魔鬼的攻击。可是，还有一点我不明白，学生证编号后面的五角星是什么意思？"

"很简单，五角星的意思就是被害人的被害程度，实心就是死亡，空心就是只剃头发……"余桐说到一半有点儿后悔，他察觉到了顾美的恐惧，她的身体在发抖，双眼死死地盯着纸条。

在那张纸条上，顾美和死去女孩儿的学生证编号后面都画着实心的五角星。

"顾美，你不要害怕好吗？我感觉这张纸条并没有表面上内容这么简单，它还有其他的秘密。只要我们破解了纸条的秘密就可以找到魔鬼理发师，他不可能伤害你的！"

"不要再骗我了，他已经开始行动了。那个偷我东西、为我点歌的人就是他。他生活在我们身边，已经进入了我们的生活。他无孔不入，随时都有可能要了我们的性命；只是他还在等，像在玩猫捉老鼠的游戏一样，他要把我们折磨得心力交瘁、体无完肤，再一口口吞掉我们！"顾美把目光惊恐地望着学校走廊，一声不吭。

"你在看什么顾美？"

"他好像刚从我们面前走过，我可以感受得到。"

"他在哪儿？"

余桐跑到了走廊里，发现空无一人，只能听到从其他办公室传出的窃窃私语，走廊里面静悄悄的。

"他走开了，你是找不到他的。"顾美茫然地说。

走廊里散着淡淡的油漆味道，尽头的洗手间里传出悦耳的水滴声，时钟已指向下午两点，顾美神经兮兮地翻着学生名册，纸张发出"哗哗"的声响，学生处的老师趴在桌子上已经睡去，这里似乎成了整个学校最安静的角落——这种安静使余桐惴惴不安。他站在办公室门口，侧耳谛听，却什么都听不到了，所有的声音都像被什么东西吞噬了一样，被吸了进去，空气中残留一股陌生的味道。余桐清晰地感受到那个家伙曾在这里走过，是堂而皇之、招摇过市般的故意挑衅。他躲在阴暗的角落里发出恐怖的狞笑，他在用自己的行为嘲笑余桐的无知，好像在说："你永远都找不到我，抓不到我！"

　　余桐攥紧了拳头，心想，那我们就较量一下吧！已经初步破解了纸条的秘密，下一步，看你还怎么折腾？

　　现在最要紧的是通知名单上的人，阻止魔鬼理发师的下一步行动——余桐坚信自己可以做得到，尽管他在步步逼近，但是，揭示真相的过程是什么力量都无法阻止、无法改变的！

第二十四章　她被吸进去了？

余桐按照纸条上的班主任姓名、学生证编号，从学生证编号一览表上找出了每个学生的名字，并逐一抄了下来，将名单送交了校保卫处。

校保卫处的老师在听完余桐的想法后，认为事情非常紧急，立即召开了班主任会议，并按照纸条上的编号找到每个同学，说明了利害关系，可就在这个环节上出了问题。

纸条编号的学生共有 23 名，排除遇害的六个女孩儿外，还剩下 17 人。而保卫处却只通知到 16 人，那最后一个人哪儿去了呢？

反复核对两遍后，终于找到了那个女孩儿。

女孩儿是中文系的，叫宋扬。和她同寝室的女孩称，宋扬下午 5 点出去后就再也没有回来过。

问她宋扬去哪里了，女孩儿只是一个劲儿地摇头。

到了晚上 11 点，仍然不见宋扬的踪影。

保卫处的老师拨通宋扬家里的电话，宋扬的母亲说她根本就没有回来过。

余桐有点儿慌了，她到底去哪儿了？会不会是那个家伙已经动手了？

余桐拨打宋扬的手机，还好，手机是开着的，余桐悬着的心放了下来，"嘟"声过后，却没有人接。怎么会没有人接呢？宋扬到底在干什么？

十分钟后，余桐再次拨通了宋扬的电话，三个"嘟"声后，电话里传来了一个男孩儿的声音："喂，你找谁？"

"宋扬在哪里？"

"宋扬？我不是宋扬，这部手机是被人扔在草坪里的，我听到铃声才发现的。"

"你现在在哪里？"

"学校图书馆前面的草坪边。"

"好，你站在那里别动，我们一会儿就到。"

五分钟后，余桐和保卫处的老师来到了图书馆，远远地便看到一个瘦高的男生在树丛边晃来晃去的，手里还攥着一部手机。

那个男生说他从这里路过，就听到旁边的草坪里有铃声，便把手机捡了起来。

男生戴着一副眼镜，脸色黑黑的，说话的时候不紧不慢，根本就不可能撒谎。

保卫处的老师找遍了整个草坪也没有找到任何蛛丝马迹，连个脚印都没有发现。

这样看来，宋扬的手机极有可能是被人扔进草坪的。如果真的是这个样子，宋扬又是在怎么样的情况下这么做的呢？

第二天，有人在学校体育场的跑道上发现了宋扬的运动鞋，那双鞋很干净，连鞋底也没有粘上任何杂物，这说明她很可能是在学校里消失的。

　　据宋扬的室友说，宋扬出门的时候穿的是一身白色的运动装。昨晚，也有人看到体育场上有一个白衣女孩儿在跑步。

　　余桐找到了那个目击者。目击者是个胖乎乎的女生，她说："昨天晚上，我和男朋友坐在体育场旁边吃东西，正吃着，我就看到一个穿着白衣的女孩儿。当时，天很黑，所以，我特别留心了一下那个女孩儿。"

　　"当时是晚上几点？"

　　"那时是晚上9点，我有点儿困了，而且天还很冷，我就和男朋友躲进了体育场对面的4号楼里，在楼梯上，透过窗子，我看到那个女生还在那里跑步，感觉很奇怪。"

　　"跑了多久？"

　　"不记得了，反正当时我的眼睛一直是盯着她的，她穿着白白的衣服，在黑夜里挺吓人的，好像精神病似的，低着头，似乎在寻找着什么？"

　　"寻找着什么？"

　　"不清楚，她跑的姿势很难看，两条腿总是甩来甩去的，我就这样看着她，困得上眼皮和下眼皮直打架，就在我眨眼之间，她就消失了。"

　　"消失了？"

　　"我清清楚楚记得她的消失只在眨眼之间，好像是被体育场吸进去了一样。"

余桐在体育场的环形跑道上坐了一个下午。他想不明白，宋扬到底去了哪里？她是被体育场吸进去了？被魔鬼理发师残忍杀害了？或者都不是，只是女孩儿和大家开的一个小小的玩笑，她只是去市区的某个地方玩去了，或许错过了末班车，回不了学校了。此时此刻，也许她正在城市里的某个地方睡觉呢！

余桐静静地想着，他知道这样想是在宽慰自己而已。

他抬起头，突然发现体育场的对面就是前一阵子闹鬼的学校大礼堂。

大礼堂设计精致的蓝色楼体在阳光下反射着鬼魅的光芒，楼体上那一扇扇紧闭的窗子像一双双眼睛在注视着余桐，无声无息，一副老谋深算的样子。

余桐感觉浑身上下都不舒服，低下头，不去看那些窗子。

他慢吞吞地向大礼堂走去，他沿着跑道步走，每一步都踏在那白色的跑道线上，望着那白色的线，他突然想起了胖女生的话，她被吸进去了！

她被吸进去了！

她被吸进去了！

她被吸进去了！

她被吸进去了！

她被吸进去了！

她被吸进去了！

胖女生的声音变得急促和阴森起来。余桐再次抬起头，又看到了大礼堂上那一扇扇诡异的窗子，不禁一惊，为什么两个女孩儿的出事的地方都这么近？为什么只见宋扬的手机和鞋，却不见她的人？

空旷的体育场内怎么会瞬间消失一个人呢？只有以最快的速度把一个人从一个地方转移到另一个地方才是消失的最合理的解释。离体育场最近的地方只有大礼堂，宋扬会不会在大礼堂里呢？

余桐走到大礼堂门口的时候，手机突然响了起来，那尖锐的铃声把余桐又拉回了现实世界。

余桐拿出手机，当他看到屏幕里显示的号码时，他惊呆了。

那个号码居然是失踪女孩儿宋扬的。

怎么是她的号码，她的手机不是寄存在校保卫处吗？难道是保卫处的老师找我有事吗？宋扬有消息了？

余桐惊喜地接通了电话："喂……"

电话那头没有答应，耳机里传出了嘈杂的声音，好像是有人在说话，熙熙攘攘的，还有杂乱的脚步声……

余桐觉得很奇怪："喂，你是谁，快说话！"

电话里又传出了"当！当！当！"的敲门声，少顷，敲门声没有了，紧接着是喝水的声音。

屋子里好像有人，却不说话。

余桐感觉这个电话有点儿莫名其妙，怎么会不说话呢？

突然，电话挂掉了。

余桐又把电话拨了回去，可是手机已经关机了。

这充分说明屋子里是有人的。既然有人，为什么不说？是不方便说还是不敢说呢？

谁会打了电话，又不敢说话呢？保卫处是有电话的，为什么不用办公室里的电话，偏偏用宋扬的手机打呢？手机那边喝水的人到底又是谁呢？

余桐旋即拨通了保卫处办公室的电话，等了好久，却没有人接。

他刚放下电话，看到不远处走来了保卫处的郑老师。

余桐拦住了他："郑老师，保卫处找我有事吗？"

"没有啊，保卫处今天都去公安局开会去了。"郑老师很惊讶。

"没有人在办公室里吗？"

"没有。"

余桐的心猛地一沉，办公室里没有人，那给我打电话的又会是谁呢？

"宋扬的手机放在哪里了？"

"在我的抽屉里锁着呢？"

"您能和我马上回去看一下吗？我怀疑有人偷走了那部手机，而且还用那部手机打电话给我。"余桐说。

"好的。"

不一会儿，余桐和郑老师就到达了保卫处。郑老师敲了两下门，没有响应，就拿出钥匙打开了门。

办公室里很干净，窗子紧闭着，所有物品都秩序井然地摆放着，地板上没有任何类似脚印的痕迹。

"你看，我说没有人吧！"郑老师走到了自己的桌子前，他的抽屉是锁着的。

他打开了抽屉，拿出了宋扬的那部红色手机："手机还在，根本就不会有人来保卫处偷东西的。"

余桐拿过那部红色手机，手机是关着的。

他打开手机，吓得他差点儿叫出声来，在手机的已拨电话里竟然有自己的手机号码！

余桐把手机递给郑老师，他也吓了一跳："怎么可能，锁在抽屉里的手机怎么会打电话给你？"

这时，有人敲门。

进来了两个女生，其中一个女生说："老师，原来屋子里有人啊？我们刚才来敲过门的。"

余桐突然想到在电话里听到的那几声敲门声，原来就是这两个女孩儿敲的。

"你们来敲门的时候听到屋子里有动静吗？"余桐问她们。

"没有，屋子里一点儿声音也没有。"

"你们等了多长时间？敲完门去哪儿了？"

"等了大概十分钟，我们就下楼去看拔河比赛了。"

"是哪一个班？"

"就是和保卫处同一楼层的四班啊！"

余桐转过身，看到窗外的草坪上正在进行着激烈的拔河比赛，左边的一方正是四班。

四班与保卫处同一楼层，余桐在电话里听到的脚步声正是四班学生下楼的声音。可是那喝水的声音又怎么解释呢？

"有人动过我的杯子。"郑老师说，"杯子原来是放在桌子左边的，现在，突然又跑到右边来了。"

余桐发现杯子果然放在右边，左边桌子上的一张纸上留有一个圆形的水渍，分明是杯子留下的痕迹。杯子怎么会突然移动位置呢？锁在抽屉里的电话又怎么会自动开机拨打电话呢？会有一个人先用钥匙打开办公室的门，又打开抽屉取出手机打电话，还喝了郑老师杯子里的水吗？谁会这么做？

余桐突然想到一个人，就是那个魔鬼理发师。难道这一切都是他干的？他给我打电话干什么？不会是他又开始行动了吧？

两个女孩儿还没有走，她们一直在那里注视着余桐，好像有事要说。

郑老师这才想起她们来，说："你们来这里做什么？"

"我们的学生证丢了。"一个女孩儿如是说。

第二十五章　怪异的手机

　　那个叫宋扬的女孩儿从这个世界消失了，谁也不知道她到底去了哪里。

　　余桐重新回到了那张沈兵留下的纸条上，那些人名和符号的秘密早已破解，死去的沈兵破解出的秘密是否也是这个呢？他找到的答案到底是什么？

　　余桐把那张纸条拿到了阳光下，阳光下，纸条上的汉字和数字变得影影绰绰，令余桐感到一阵眩晕，好像看到水面上的波纹一样。

　　透过窗子，余桐再次看到了大礼堂那蓝色的楼体。上次他刚要走进大礼堂，手机便响了起来，而且是锁在抽屉中的宋扬手机打来的时候。

　　为什么宋扬的手机偏偏在这个时候打电话给自己呢？是想阻止什么吗？

　　余桐想到自己当时是要去大礼堂的，这突如其来的电话正说明一个问题，在自己前往大礼堂的路上阻止了自己，大礼堂里究竟有什么?

余桐又重新来到了当天自己站立的位置,在大礼堂的门口,余桐转过身,在他的面前有前、左、右三栋楼。

在他对面的那栋楼正是保卫处的所在,保卫处在四楼,从保卫处的窗子里完全可以看清体育场上的一举一动。

这样一来,当时保卫处里的那个人是看着余桐快要走进大礼堂的时候,才拨通电话的。

余桐转过身,心想,这次一定要到大礼堂看看,看你还怎么阻止我。

余桐刚迈出左脚,手机就响了起来。

他站在原地,把迈出的左脚轻轻地收了回来,心跳加快,"怦怦"跳个不停。

手机铃声悠扬,连续不绝。

余桐取出手机,当他看到显示的号码时,双手颤抖得差点儿没把手机掉到地上。

那个号码还是宋扬的。

余桐接了电话,那边还是没有声音。余桐气得火冒三丈:"快说话!你这个浑蛋!"

没有声音,突然,电话挂掉了。

余桐快步跑进了保卫处的大楼,并嘱咐保安关闭了大楼的大门。

他来到了四楼的时候,发现保卫处的门是开着的,里面传出了说话声音。

他走到保卫处门口,发现保卫处的几位老师正在谈笑风生。

郑老师就在坐在他的座位上。

不可能，那个家伙怎么可能这么快就跑掉呢？

郑老师看着满头是汗的余桐，问："发生了什么事？"

"我又接到了来自宋扬手机的电话。"

"什么时候？"郑老师说。

"就在刚才，三分钟前。"

"不可能，我们几个整个上午都在办公室里，没有离开过。"

"那宋扬的手机还在吗？"

"当然还在，就在我的抽屉里。"

郑老师说着便打开了抽屉，余桐走到他面前，发现宋扬的那部红色手机依然安然无恙地躺在几本书中间。

那部红得像血一样的手机令余桐感到异常恐怖，这怎么可能，刚才明明是这部手机给自己打的电话啊？

手机的主人宋扬至今还没有被找到，是死是活谁都不清楚，而这部手机被人莫名其妙地遗弃在草丛中，这使余桐对这部怪异的手机产生了怀疑。

很多灵异片都会出现这样的情节：冤死的人都会把鬼魂依附到离尸体最近的某个物品上，然后伺机寻找他人为自己报仇雪恨。

难道宋扬死了？手机是自动拨通了我的电话？！

不可能！

面对着这部怪异的手机，余桐终于鼓足勇气，把手伸了过去。

他把手机放在手中，然后翻过来，用手轻轻一推，拉开了它背上的壳。

取下电池，露出了手机的五脏六腑，余桐也看到了他最不想看到的东西——手机卡。

余桐多么希望手机里没有手机卡？那样就说明电话根本就不是从这部手机里打出来的。

　　可是现在，手机卡确实在手机里，这无可争辩的事实令余桐瞠目结舌。

　　余桐还是不相信这是真的，他又插上电池，用红色手机拨打了自己的手机。

　　电话通了，余桐手机里显示的号码不是宋扬的，而是一个他最熟悉的、几乎背得滚瓜烂熟的号码——顾美的。

　　余桐看着这一串熟悉的数字，大脑一片空白。

第二十六章　鬼一样的女生

余桐花了两个小时，问了别人二十次"你看到顾美了吗"，才在图书馆三层的角落里找到了睡眼蒙眬的顾美。

顾美扒在一本巨大的画册上，她的脸贴在"一辆高档轿车的挡风玻璃"上，"轿车的玻璃"被她的口水弄得乱七八糟的。

"你这么急着找我做什么？"顾美懒懒地说。

"你的手机放在哪儿了？"

"我没有带手机，手机放在寝室里充电呢？"

"那好，去你的寝室拿手机。"

余桐来到顾美的寝室时，看到她的手机正插在电源上充电，他拔下充电器，取下外壳，发现里面确实有一张手机卡，但直觉告诉余桐，这张手机卡一定不是顾美的，因为他在保卫处看到的那张才是顾美的。

余桐用这部手机给自己打电话，令他大吃一惊的是，手机显示的号码竟然是宋扬的。

也就是说，有人把顾美和宋扬的手机卡调换了，还在顾美的寝室里给余桐打电话。而顾美的寝室整个下午都是没有人的。

余桐想，那个魔鬼理发师始终都是走在他前面的，比他快一步，自己却总是慢半拍。这就给了魔鬼许多周旋的余地。他不仅是一个技艺精湛的剃头高手、心狠手辣的杀人魔鬼，还是一个神出鬼没的小偷。他登堂入室不费吹灰之力，偷别人的东西如探囊取物。

为什么会这个样子？他为什么会在保卫处来去自如，擅自闯入女生宿舍却不被人发现？除非他是个开锁高手，而且生活在学校周围或者学校内，对学校的情况了若指掌。

"你是否感觉到他闯入我们两个人的生活了？"顾美问。

"怎么会？他没有那个胆量。"余桐如今觉得自己每句话都显得软弱无力了。

"他最初开始偷我的东西，一件件的，就像拿自己的东西一样来去自如。接下来，他又打莫名其妙的电话给你，直至调换了我的手机卡。我已经感觉到他的存在了。他就在我们身边，很近，离我们有几百米、几十米，甚至几米远。也许，他此刻就站在我们身旁的某间屋子里听我们说话！"

几百米、几十米、几米？……

余桐转过身，看到走廊里零零散散走动的女生，她们穿着睡衣、拖鞋，手里拿着零食，嘴里哼着跑调的流行歌曲，脸色苍白，健步如飞，像纸人一样。

"你的意思是，那个魔鬼是个女生或者是女人？"余桐说。

"是鬼一样的女生。学校里的女生不计其数，人山人海，没有人会留意一个普通女生的行踪。她为什么能够轻而易举地偷到那么多人的学生证？为什么会对我那么了解，还点歌给我？为什么敢闯入女生宿舍和保卫处呢？还有，你这几次接到怪异电话，但都没有对方的声音，这是为什么？因为她不想让你听出她的性别。这一切都明明白白地告诉我们，魔鬼是个女生。宋扬的失踪也极有可能受到了某个人的诱骗，诱骗她的人很可能是个女生。"

女生？余桐突然想到在大礼堂里的控制间看到的那个女生身影，难道魔鬼真的是一个女生？怎么会呢？

"不可能。如果她是女生，那和沈兵搏斗的那个高个子是谁？潜入沈兵室内杀害他的又是谁？这是一个女生所能做到的吗？"

"你是不是忘记了一个特别的地方：每个被害的人都是在被人打晕后剃光头的，这说明魔鬼并不敢与人正面冲突，为什么？因为她是个柔弱的小女生。"

柔弱的小女生？

余桐想到这样一个画面：每当黑夜降临的时候，都会有一个瘦弱、长发的小女生躲在黑暗的角落里静静地等待着，袖子里藏着一把锋利的剃刀，她注视着每一个行色匆匆的长发女生……午夜时分，她会悄悄地跟踪你，从后面打晕你，然后，像猴子一样跳到你的身体上，亮出剃刀，给你剃头……

这是因为什么呢？是仇恨吗？

"怎么？还不相信我的话？"顾美轻轻地笑了笑，像暖气里悦耳的水声。

"我只相信眼睛看到的东西。你可以把你的想象变成现实，摆到我的面前吗？"余桐开玩笑地说。

"这倒不难，她总有一天会露出马脚的。你是想让我给你弄出具尸体来，还是弄出个鬼一样的小女生？"

"好吧，那你先说说鬼一样的小女生是什么样子？"

"就是这个样子，你看！"顾美阴森地笑了笑，从包里掏出了一把黄色的水果刀，扔掉刀鞘，低着头，她的长发随即垂下。

她一只手扶着头发，另一只手把刀拿到了额头，嘴里传出沙哑的声音："我先做一下示范，你就知道我到底是谁了。"

说着就把刀放到了额头上的发际处，准备剃头。

余桐知道顾美在虚张声势："好了好了，快把刀给我，弄脏了刀还怎么削苹果啊？"

顾美停住手，抬起头，脸上露出失望的表情："大哥，你配合一下嘛。"

"你的表演很逼真，但是我没有时间欣赏。"

"你要去做什么？"

"去大礼堂。那个人两次阻止了我，这次我一定要去看一下。"

"好吧，我陪你去。"

下雪了，细小的雪花从阴沉沉的天幕中一泻而下，落到了顾美的头发上、大礼堂门口的台阶上。

余桐刚要往前走，顾美却停下了："听说前一阵子，这里的值班老头儿死了？"

"是啊，他只是心脏病突发，不要胡思乱想。"

"那你知道现在值班的人是谁吗？"

"进去就知道了。"

顾美没有说什么，心事重重地低着头。

大礼堂里空荡荡的，余桐没有看值班室那边，径直就走上了楼梯。

第二十七章　他又回来了

叫住余桐的那个人是杨老师。

他整个人瘦了一圈，眼窝深陷，脸色惨白，如得了什么重病一样弱不禁风地站在那里，像一株破败的野草。

"大礼堂好多天都没有来过人了，你们来这里做什么？"杨老师有气无力地说。

"顾美前些日子在这里丢了东西，我们想过来再找一找。你怎么会在这里？"

"我在这里值班，调过来有一阵子了。"杨老师打开了值班室的门，搬过了两把椅子，"里面暖和，坐一会儿吧！"

顾美对杨老师的疑虑还没有消除，她站在门外迟迟不肯进来，余桐进去后，她才怯生生地跟了进来。

杨老师在电话旁边坐了下来，眼睛注视着地板，良久，他缓慢地说："其实，罗亦然的事我有责任，你们对我的怀疑也是正常的。"

"杨老师，我们以前不太了解你们家的情况，所以……真的很抱歉，我们不该怀疑你。"

杨老师惭愧地低着头，左手撑着脸："没关系的，我想你们现在最想知道的就是罗亦然被害的那天晚上我在哪里，我都做了什么、看到了什么？"

"好的，你说吧！"

"罗亦然出事的那天晚上，我去沈兵的理发店去理发，碰到了她。我见到她有点儿不知所措，就在理发店里走动，毕竟两个人之间发生过不愉快的事情。我想离开，却又怕她看出我内心的慌张，只好坐在那里。后来，罗亦然把上次我赔给她的钱还给了我，就是摔破播放器那件事，现在说来有点儿汗颜。她走后，我又追了出去，把钱还给了她。她是一个善解人意的好孩子，她哭着对我说她很后悔对我发脾气，当时太冲动了，因为一点儿小事搞得我在学校里名声扫地，害得我赔她钱，她根本就不知道我家里的状况。最后，我还是把钱还给了她，我这个人平生从来没有做过什么对不起别人的事情。如果不是因为生活上的困难，也不会不承认摔破播放器的事。"杨老师很激动，眼睛湿润了。

"后来呢？"余桐说。

"后来，我们两个人就分开了，我直接回了学校。因为那天是我和倪风值班。在回去的路上，我总是感觉不对头，好像有什么事要发生一样，心里总是放不下罗亦然，担心她会发生什么事情。于是，到达学校后，我和倪风简单说了几句，便原路返回去找罗亦然，却没有找到。再次回来学校后，我看到值班室的灯还亮着就没有进去。因为倪风在那里我就一切放心了。我慢慢地在学校里走，午夜的校园里总会有个别的情侣不愿回寝室，其间也有一些不良分子。我怕罗亦然碰到他们。我在学校里走了一圈，大概十几分钟吧。走到寝室楼时，我看见一个黑影在寝室楼的大门口闪了一下就不见了。我赶过去，发现寝室楼的大门是锁着的。那个黑影又是谁呢？我用钥匙打开门，走了进去，寝室楼的走廊里静悄悄的。这时，我又走了出来，感觉北面好像有什么东西，就一直往北走，直到走进绿园。这时，我看到对面有人影在晃动。我想大概就是他了。他看到我就跑了，我马上就追了出去。为了防身，我掏出了随身携带的那把剃须刀。"

　　说到剃须刀，杨老师的表情很不自然，双手交叉握着，指关节发出脆响。余桐想问剃须刀的事，却没有张开嘴；他想，也许这就是杨老师一直没有说出真相的隐情吧？

　　"我只是想吓唬他一下，没想到他竟然和我摆出了拼命的架势，所以我也动了真格的。我要让他知道我也不是吃素的。"杨老师满脸通红，"天太黑，我也没有看清他的脸。他的体质比我差很多。我还曾经当过兵，几个回合下来，刀子就划破了他的手臂。这使我有点儿退缩，对付一个小偷如此这般费周折，是不是有点儿过头，一旦弄出人命来我可承担不了责任。正在我犹豫的时候，我和他已经到了绿园的湖边。我不知道自己为什么要和这么一个小偷纠缠起来，但是，潜意识告诉我，这个人似乎见过罗亦然。想到这里，我突然感觉到有一只手突然抓住了我的腿。我低头一看，那只手竟然是从水下伸出来的，刹那，我被拉入了湖中，那个东西一直把我拉到了水底，随后就不见了——我被湖水呛得差点儿晕过去。幸好我会游泳，才捡回来一条命。

　　"我回到学校的时候没敢进值班室，先去了仓库，换了一身干净的衣服；回去时，倪风已经睡熟了。而我整夜没睡，总是感觉腿

168

下凉凉的，有一只冰冷的手轻轻地抚摩着那里，令我心惊胆战。还有那个人的胳膊，我不知道他伤得有多深，但一定是流了很多血吧！也许他什么都没有做，我却追他，和他搏斗，刺伤他。这种忐忑不安的心情令我无法入眠。

"第二天，得知罗亦然被害，我首先想到的就是那个人。他会不会是剃罗亦然头发的魔鬼呢？其次我就想到了自己和罗亦然曾经发生的事情。我害怕警察会怀疑到我，就准备回去把那把该死的剃刀扔掉。可是剃刀不见了，剃刀是和湿衣服一同放在仓库里的，如今却不翼而飞了。我翻遍整个仓库都没有找到刀子，我想刀子也许是被人偷走了，偷走刀子的那个人就是那个剃头发的家伙。我顾虑重重：他会因为我刺伤他，而怀恨在心，准备嫁祸于我吗？那把剃须刀上有我的指纹，一旦他把刀子送到警察那里，我可是跳进黄河都洗不清了。

"后来，我妻子的病情又严重了，我请了几天假回去照顾她。回来时，发现你们已经怀疑到我了！这令我很不安，我不知道如何是好，只好沉默。"

"那天晚上，你在学校里见过一个长发女人吗？"余桐说。

"长发女人？没有见过。"

"听人说，您的孩子失踪了，至今还没有下落。"余桐迟疑了一下，"可以和我们讲讲您的孩子吗？"

"我女儿失踪的时候还不太懂事，如果现在她还活着，应该和罗亦然一般大了。她的失踪对我们夫妻打击很大，我的爱人因此得了重病。这么多年来，我一直在找她，却一点儿音信也没有。"

"当时还有几个孩子也失踪了。警方没有找到一点儿线索吗？"

"几个孩子的失踪简直是太奇怪了，似乎从这个世界消失了一样。后来，听说一个小孩儿是被一个女学生模样的人领走的。那个女生头发很长，个子不高，穿得很好，像是本地人。但是，目击者只看到了她的背影，并没有看清她的脸，谁也不知道她长得是什么样子。"

外面已经下起了鹅毛大雪，整个校园变成白色的水晶世界。

余桐望着窗外，再次想起来了穿白色运动衣的宋扬，她奔跑的身影一定很美，像个雪人。

她现在在哪里？难道她会像雪人一样融化消失掉吗？

想到宋扬，余桐决定该到大礼堂去看看了。

杨老师打开了大礼堂的大门，余桐和顾美走了进去。

大礼堂的灯被打开了，四周都很明亮；控制间和后台依然黑洞洞的，似乎隐藏着不可告人的秘密。

余桐走上了舞台，静静地感受着周围的一切，舞台上的灯光照得他浑身上下暖洋洋的。他转过身，看到了一层层落满灰尘的幕布。幕布的纹理像一张张微笑的脸，注视着余桐，令他感到浑身上下好像爬满了毛毛虫，非常不舒服。

他转过脸，在舞台上走着，木制舞台上发出轻微的脚步声。

"杨老师，舞台下面是空的吧？"

"是的，以前那里放乐器的，后来不知道因为什么就给封上了。"

"哦，卫生间在哪里？"

"北侧。"

余桐来到了卫生间，走进去时，一股冷气迎面扑来，抬起头，他看到了冒雪在体育场上踢足球的男生和快要喊破喉咙的女生。

在这里可以看到体育场？那么，体育场里的人就可以通过礼堂卫生间窗子进入大礼堂？

他们离开大礼堂的时候雪已经停了。

顾美说："你相信杨老师的话吗？"

余桐说："当然相信。"

顾美说："凭什么？你能断定一切都是不他干的？"

余桐说："这一切根本就与他无关。"

"是吗？你说得太绝对了吧！"

"绝对？你觉得他哪里说错了？"

"他的刀子怎么会无缘无故地丢失呢？"

"大概他是忘记放在哪儿了。"

"他可能撒谎了。"顾美一惊一乍地说，"杨老师就是凶手，那个水下的人是他的同伙。"

"这不可能！"

"如果这个不可能，那么，沈兵捡到的钱夹和里面的纸条又怎么解释呢？"

"这个？我相信不是杨老师丢下的。"余桐想到了那张神秘的纸条，怎么把这个重要的环节给忘了呢？

纸条到底是谁丢下的呢？如果真的是杨老师丢的，他又怎么会亲口说出事情的真相呢？

"纸条就是杨老师的，他就是凶手！"顾美倔强地说。

余桐知道顾美的老毛病又犯了。她总是没有边际地乱想，常常使余桐误入歧途，绕老大的圈子才找到一点点有用的东西，他领教过了，顾美总是让他伤透脑筋。

"你说谁是凶手，谁就是吧！"

余桐嘴上含糊其辞地说，心里却明镜一样。他知道离查明真相不远了。杨老师的话给了他很多提示。杨老师和沈兵搏斗时水下的那个人是谁？杨老师的刀子到底是被谁偷走的？会是那个魔鬼吗？多年前丢失的小女孩儿，与当前的多名女孩儿被害是否有着内在的联系呢？宋扬的消失是否与大礼堂面向体育场的窗有关？宋扬死了吗？

如果她死了，她的尸体会藏在哪里？

第二十八章　镜子后面的人

　　这天大雪，余桐在操场上看到了一个酷似宋扬的人，穿着白色的运动衣在跑步。

　　当时，天黑透了，操场上没有人，只有那个白衣人跑在被白雪覆盖的操场上，薄得像一张纸。

　　余桐想看看他的脸，就跟了上去，跑在他的后面。

　　那个人跑步的速度太快了，余桐怎么跑也追不上他。

　　天冷极了，跑着跑着，突然，天下起了小雪。

　　那个人和余桐的个子差不多，分不清男女，余桐只能看到他的背影，模模糊糊的，恍若隔世。

　　余桐加快了脚步，拼命地跑，终于，他离那个人的距离越来越近了，他们两个人并排跑着。

　　那个人轻轻地转过脸，余桐终于看清了，她原来是个女孩儿，非常漂亮，皮肤很白，脸圆圆的，像牛奶一样透明。

　　奇怪的是，她闭着眼睛，表情甜美、安详。

她的头发突然被风吹了起来，在风中轻舞飞扬，黑得空前绝后。

她双手前后摆动着，面朝余桐，闭着眼睛奔跑着……

余桐的心"咯噔"一下，闭着眼睛也能跑步？

余桐端详着女孩儿的脸，感觉好像在哪里见过，却怎么也想不起来。

女孩儿依然闭着眼睛面对着余桐，美丽的小嘴轻轻地动着，好像在吃糖。

"你是谁？"余桐问。

"你的朋友。你忘记我了吗？"女孩儿闭着眼睛说。

"我怎么不认识你？我们见面过吗？"

"当然见过，而且不止一次。"女孩儿说。

"你说说你都在哪里见过我。"余桐说。

"女生宿舍、体育场、图书馆、网球场、网络教室、大礼堂……"

"可是我没有见过你。你的嘴为什么总在动啊？"余桐说。

"在吃好吃的。"

"是什么？"

"我拿出来给你看。"女孩儿说。

说完，女孩儿张开嘴。余桐看到那里面黑乎乎的。

女孩儿把手指伸进去，捏出一个细细的黑东西，向外一拉，一条黑线被她从嘴里拉了出来。她的手不停地拉，那黑色的线也不停地往外冒。

余桐终于看清了那个黑线，他也惊呆了，那黑线竟然是人的头发。

余桐回过头，发现那黑色的头发已经绕体育场一圈了，可女孩儿仍在不停地往外拉。

余桐发现天上没有月亮，太黑了。他举目四望，什么都看不清，只能看清这个白衣女孩儿和白色的操场。

余桐的心吓得快要蹦出来了，这个女孩儿到底是什么人？她怎么可以这个样子？

"你为什么吃头发？"余桐说。

"不是吃，我是在保护它们。这个世界太可怕了，放在自己的嘴里最安全了。谁也不会抢走我的头发。"

"嘴里的是你的头发，那你头上的头发又是谁的呢？"

女孩儿听到余桐的话，哭了，她哭的样子很美。

过了一会儿，她说："头上的头发是我朋友的，我和她是好朋友，她愿意借给我用。"

女孩儿说着就把头上的头发拉了下来，放到了衣袋里；现在，她是个秃子了。

余桐惊讶地问她："你的朋友是谁？"

"顾美，你的女朋友。"

余桐感觉更加恐怖了，他又问她："你为什么总闭着眼睛？"

女孩儿停下了脚步，手指指着双眼，声音变得尖锐起来："你问这个吗？我告诉你，我的眼睛被人挖走了。"

女孩儿睁开了眼睛，余桐看到了两个圆圆的黑洞，黑得空前绝后……

余桐惊叫着从梦中醒来，发现自己刚才在做梦，出了一身冷汗。

现在是下午3点，余桐记起来自己下午没有课，就躺在寝室里睡觉，所以才做了这个恐怖的梦。窗外又下雪了，飞飞扬扬的，好像在给谁发丧一样。

寝室里只有他一个人。

门外传来乱七八糟的声音。过了一会儿，声音又没有了。

余桐打开门，发现寝室对面的墙壁上立着一面镜子，有一米多高，很旧，是化妆用的那种圆圆的大镜子。

余桐在镜子里看到了自己水肿的脸，感觉挺奇怪的，出门就照镜子？

有点儿别扭。

余桐走过去把镜子翻了过来，这回是脏兮兮的镜子背面对着他了，他安心了许多。他有种预感，镜子是有人故意放在这里，用来监视他的。

下午，顾美打电话来说想去看电影，余桐很痛快地就答应了她，应该让紧张的心放松一下了，郁闷的日子使余桐变得百无聊赖。

他走出寝室的时候，发现了原来背对着他的镜子又被人翻了过来。

他一出门就看到了镜中的自己，镜子的质量又不好，有些少许的波纹，影响了反射的效果，这使余桐镜中的脸变得扭曲而狰狞，异常恐怖。

余桐气愤地走过去，差点儿一脚踢碎这面镜子。他的脚伸出一半的时候又收了回来。他想，万一这面镜子是别人无意中放在这里的呢？即使是翻镜子也是无意所为呢？这样弄碎人家的镜子岂不有点儿不讲理？

余桐没有把镜子的事放在心上，高高兴兴地和顾美看电影去了。

电影是个喜剧片，乱七八糟的，从电影院出来的时候，余桐脑袋晕晕乎乎的，差点儿找不着北。

此时已是晚上 7 点了，余桐和顾美走到学校南面的十字路口时，看到街口有一个人在烧纸。

那个人蹲在那里，背对着余桐，小声地哭着，纸尘被风吹得飞扬了起来，令人心寒，不知道又是谁家死人了。

余桐还没有看清那个人是谁，顾美竟脱口而出："杨老师！"

那个人的确是杨老师，可他怎么会在这里烧纸呢？

余桐没有和他说话，悄悄地从他的身边走了过去。

突然，余桐想起来了，杨老师是在给他死去的妻子烧纸。

他也没有发现余桐和顾美，快到学校门口的时候，顾美说："我总感觉他这个人有点儿可疑！"

"他为自己的妻子烧纸是很自然的事情！"

"可是我还是感觉他在隐瞒着什么，他的身上有一种令人捉摸不透的东西。"

"是什么？"

"仇恨！"顾美说，"你没有看出来他的目光是要置人于死地的吗？"

仇恨？那个魔鬼杀害沈兵和剃女孩儿头发的时候也是因为仇恨吗？如果真的是仇恨，那根源又是什么呢？余桐走上寝室楼楼梯的时候依然在想这个问题。因为他是低着头，所以，根本就没有留意前面会有什么。

快到寝室那层楼的时候，他不知不觉地抬起头——他又看到了那面破镜子，看到了镜中消瘦的自己。那镜子竟然被摆到了楼梯上，像一座墓碑一样拦住了余桐。

就在余桐惊异不已时，发现在镜子下面好像蹲着一个人，脚上穿着一双白色的运动鞋。

走廊里没有人，也没有声音。余桐双眼死死地盯着那双白色的运动鞋，不由得想起了梦中的那个女孩儿，吓得他汗毛都竖了起来。

是谁？

余桐轻轻地往上走，走近那面镜子，他的身体紧靠着墙边，把头伸到了镜子后面。

他清了镜子后面的东西，发现那里根本就没有人，只有一双白色的运动鞋。

余桐伸手去拿那双鞋的时候，不小心碰到了镜子。镜子倒了下去，"啪"的一声摔碎了。

响声过后，一个穿着内衣内裤的男生闻声而至，他看着那一地的碎镜片，悲痛欲绝地说："五元钱白费了！"

原来，这块镜子是男生花五元钱在旧货市场买来的，准备挂在寝室墙上臭美的——艺术系的男生，准备用这块破镜子练习摆造型，没想到被余桐给摔碎了。

镜子是男生的，可那双白色运动鞋不是男生的。

那双白色运动鞋是宋扬的。

余桐是给保卫处打过电话后才知道的，保卫处里的那双白色运动鞋丢了。

也就是说，宋扬失踪前丢在体育场的鞋被人偷了出来，放在了余桐寝室的门口。

余桐断定还是那个魔鬼干的。这件事与手机卡调换如出一辙。

第二十九章 伤 疤

  余桐认为魔鬼所做的一切都是在迷惑他，目的是为了掩盖一些容易暴露的东西。这些东西是什么呢？自始至终，魔鬼都没有留下什么重要痕迹。即使是那些被剃头发的女孩儿，也无从知晓他到底是什么人。因为每个女孩儿都是在被打晕的情况下被剃头发的。

  在沈兵的日记中，余桐以为那个与沈兵搏斗的人就是魔鬼，结果却是杨老师。

  这样一来，事情就更加复杂了——没有人与魔鬼正面接触过，没有人听过魔鬼的声音，更没有人知道魔鬼的身高、相貌，甚至是男女都不清楚。

  在大家的意识中，魔鬼只是一个虚幻的影像，是一个缠绕在我们内心深处的噩梦。

  余桐开始仔细搜寻意识里的每一个可疑的人，从最初的到如今的。

  沈兵？

杨成清？

常天？

陆鸣？

倪风？

沈兵已经死了。倪风的腿受了伤，那天根本无法走动。会是常天和陆鸣吗？他们年纪轻轻，正是大有作为的时候，怎么会做出这种事情呢？

如果以上都不是，那就只剩杨成清了。怎么会是他呢？如果真的是他，他怎么会毫不隐瞒地讲出与沈兵搏斗的事情呢？如果他自己不说，根本就不会有人知道这件事。

倘若魔鬼就是杨成清，他是出于什么目的说出那些话的呢？

难道他已经猜到余桐曾看过沈兵的日记，了解了事情的真相，想先发制人，说出真相，洗清自己？还是欲盖弥彰？那把剃刀真的被人偷了？或者根本就没有这么回事，刀子已经被他扔掉了？

那把刀子到底会在哪里呢？

余桐突然想起顾美的话，她曾说过魔鬼可能是女生或者女人。

把这点也考虑进去，事情就全面多了。可以把先前的五个人都排除掉，现在，只剩下女人了。

女人？女人？

沈兵的日记里不是写到一个戴口罩的长发女人吗？还有在学校周边出现的那个农村女人，她们两个会不会是同一个人？

想到沈兵的日记，余桐恍然大悟，转了一个大圈子，又回到了起点，沈兵的那本日记才是最真实的，怎么把这本日记给忘记了呢？

余桐决定重温一下这本日记。

余桐来到了公安局，找到了鳄鱼警察，拿到了那本日记，找到了描写女人的那部分：

……我跑到街上，只看到一个纤细的黑影在街角闪了一下就消失了，他的肩上还扛着袋子，戴着口罩，那人的头发很长，在月光下被风吹得飞扬了起来。我追到街角，那人早已消失不见了，那人到底是男是女呢？？？……

……他先晃了一下，然后慢慢地走了出来。她原来是个女人，戴着口罩。她的头发很长，被风吹得飞扬起来。

我终于想来起了，她就是偷我头发、半夜敲我房门又将我击晕的家伙。她怎么会在学校里？她藏在那里干什么？……

……湖里的水突然波动了起来，那个东西终于出来了——一个黑乎乎的东西从水里冒了出来，像一个人的头顶。随后，从水里伸出了一双惨白的手，那细长的手指一把抓住了那个家伙的双脚，狠狠地一拉，"扑通"一声，那个袭击我的家伙就一头栽进了湖里。
……

通过这三段的描写，余桐对照活动在学校周边的那个女人，惊奇地发现两者竟然是那么的相似：夜间活动的长发女人，出没于城市的每个角落，收购人的头发。

收购人的头发？她收购人的头发到底做什么？是卖吗？

她会不会把那些女孩儿剃掉的头发也拿走卖掉呢？若是卖掉，她又会把头发卖到哪里呢？

如果这样，关于头发的问题就可以解决了。这两个重合点，说明女人也许就是那个魔鬼。

但是，余桐又产生了另一个疑惑：剃人的头发卖掉，那为什么还要杀人呢？先是沈兵，后是大礼堂里的女孩儿，现在又是宋扬。还有沈兵家中的那场大火，这分明是要将余桐和顾美置于死地的。这会是一个女人所为吗？

这天夜里，余桐在网上查到本市一家专门经营人发的公司，并记下此公司在市区的收购人发市场。

人发市场建在市区西郊，离余桐的学校很远。

第二天，余桐关掉了手机，一大早就坐上了去人发市场的汽车。

人发市场建在市区西郊开发区境内，一个大型农贸市场里面。

余桐走进了农贸市场，向北大约走了十分钟的时间，便看到了处在农贸市场内部的一个小街，街两边的摊床上挂满了黑乎乎的头发。那些头发在风中飞扬起来，肮脏而恐怖，令人作呕。

看到那些头发，余桐不由得想起了罗亦然的光头，还有大礼堂那个闭着眼睛死去的女孩儿。难道这一束束如马尾的头发中，也有罗亦然的头发吗？

余桐不觉得倒吸了一口凉气。

余桐慢慢走进那条小街，置身于头发的世界中，奇怪地想：怎么连头发也变成商品了呢？

余桐问一个摊主："这些头发是做什么的？"

"当然是做假发了！"那个摊主长得贼眉鼠眼，一看便知是个势利小人。

他看见余桐一副学生打扮，忙套近乎问："是大学生吧？"

"是的，你想做什么？"余桐问他。

"想赚钱吗？"

"当然想啦！"余桐说，"你能帮我吗？"

"当然可以，只看你想不想赚。你可以在学校里收头发，一定要想办法把那些发质好的女生头发弄到手，你可以低价收购，再送到我这里。我可以给你高出近一半的价钱。"

余桐正和摊主闲扯的时候，他突然看到人群中晃过一个人，那个人很奇怪。

他把衣领竖得高高的，还戴着一顶灰色的帽子，围着一个米黄色的围巾，差点儿没把头脸包住，好像要刻意掩盖住自己的脸一样。

那个人走在前面，余桐跟在他的后面，当他看清那人蓝色的牛仔裤时，大吃一惊，那个人竟然是顾美。

顾美到这里来做什么？

余桐悄悄地跟上了顾美。

在拥挤的人群中，余桐一把抓住了顾美的手，顾美吓得差点儿没尖叫出来，幸好余桐眼疾手快，捂住了她那被围巾裹得严严实实的嘴。

余桐把她拉到了一堵墙边："你为什么跟踪我？"

"快放开我，那个家伙快跑了！"顾美还焦急地向人群中张望，手却被余桐死死地抓住了。

"那个家伙是谁？不会是我吧？"

"我哪有闲心跟踪你，我在跟踪那个农村女人，她来了这里。"

"她在哪儿？"

"她已经走进去了。我是从学校里跟出来的。她在学校里鬼鬼祟祟的，却不知道在做什么。"

"她应该还在里面，我们可以找到她的。"

余桐和顾美蒙住脸，走进了小街。

走了一会儿，余桐终于看到了那个农村女人。

她站在一个人发摊床前，打开包，从里拿出了一束束乌黑的长发。

讨价还价后，摊主给了农村女人一摞钞票。

当农村女人转过脸时，余桐发现她仍然戴着白色的大口罩，看不清脸。

她到底长的什么样子呢？她包里的那些头发，难道就是从罗亦然她们头上剃下来的吗？难道那个魔鬼真的是她？

这时，人群中一阵骚乱，好像是有人打架，整条街刹那变得乱哄哄的。

等一切平静下来时，余桐发现那个农村女人已经不见了。

余桐和顾美只好往回走，走到车站的时候，看到那个农村女人坐在车站的长椅上。

回市区的时候，余桐、顾美、农村女人坐在同一辆车上。

余桐和农村女人并排坐在一起。

他发现那个女人的皮肤很白，她的眼睛有点儿黄，像猫眼一样，散发着神秘诡异的光芒。

余桐感觉很紧张，他不知道如何放松下来，但心中的那个念头一直没有泯灭，那就是怎样才能看清女人的真实面目。

半路上，车坏了，车的发动机里冒出了浓浓的烟，乘客们不得不下车。

大家都下车了，可是那个农村女人依然戴着口罩坐在车里。

余桐认为她很奇怪，就上车对她说："这里太危险了，你还下车吧！"

农村女人望着余桐，淡黄的眼睛眨了眨，没有说什么，就下车了。

农村女人慢吞吞地走下车，站在顾美的旁边。

顾美看了看她，打开包，拿出了一只口罩，戴在了脸上。

农村女人愣愣地看着顾美，没有说话。

过了一会儿，顾美转过头，开始目不转睛地盯着农村女人的脸。

顾美的神情很专注，像牙科医生一样看着农村女人的脸。

农村女人还是不理她。顾美就继续盯着她，有誓不罢休的架势。

最后，农村女人有点儿挺不住了，说："你总盯着我干什么？"

她的声音很奇怪，很难听，嗓音粗粗的。

"你流血了，在口罩上。"顾美说。

"怎么会？"农村女人边说边用手摸口罩，她的手上果然摸到了鲜红的血。

余桐开始以为顾美在开玩笑，这时，他终于相信了。

农村女人的口罩上鲜红一片，圆圆的，像日本国旗一样。

农村女人只好摘下口罩，她的鼻子还在流血——在她摘口罩的一刹那，余桐终于看清了她的脸，她的左脸上有一道长长的伤疤，那条伤疤像一条毛毛虫趴在她的脸上，看上去很恐怖。

第三十章　回来的人不是她

宋扬失踪后的第七天。

那是一个平静的夜晚，学校寝室楼的灯都关了，漆黑一团。

宋扬寝室里的女生都睡熟了，当大家都进入甜美梦乡的时候，女生宿舍的走廊里响起了沉重的脚步声。

那脚步声由远而近，到宋扬的寝室停下了，然后有人听到钥匙开锁的声音，接着，寝室的门开了。

一个半梦半醒的女人睁开眼睛，看到门口站着一个清瘦的黑影。

黑影走了进来，爬到了宋扬那张空荡荡的床上，拉上被子躺下了。

那个床上的女生被吓醒了，她躲在被子里看着眼前这突如其来的一幕，感觉自己的呼吸都快要停止了。

她哆哆嗦嗦地走下床，来到门边，打开了灯。

她惊恐地望着室内的一切：地板上留有零星的血迹，宋扬的被子里躺着一个人，背朝向外面，头顶光秃秃的，好像已经睡熟了。

女孩儿不知所措地站在那里。过了一会儿，宋扬被子里的人转过了身，女孩儿看清了她的脸，那张脸脏兮兮的，上面布满泥污和划痕，她就是宋扬。

　　回来的宋扬像变了一个人一样，她除了被剃光头发以外，身体并没有受到其他伤害。

　　奇怪的是，她再也不说话了，即使是见到了她的母亲，她也不说话，只是一个劲儿地流泪。

　　警察对宋扬也是无计可施。她起初是坐在那里，双眼看着地板，认真地听警察问问题。后来，她不住地摇头，还张大了嘴巴，好像要说什么却怎么也说不出来。

　　她的样子很恐怖。在无法说话的情况下，她双手抱着光秃秃的头，便号啕大哭起来。

　　那哭声令人毛骨悚然。给人的感觉是，她一定是看到了世间最可怕的事情。

　　宋扬住进了医院，医生对她进行了全面的检查，她的声带完好无损，可是怎么也找不到无法说话的原因。

　　余桐和顾美每天都去医院看她，把她的手机和运动鞋还给了她。

　　三天后，宋扬的情绪开始稳定一些，但还不能说话。

　　余桐决定用笔来和她交谈。虽然她拿笔的手有点儿颤抖，但她还是坚持下来了。

　　以下是宋扬和余桐在纸上的一段对话：

　　余桐：你这些天都去哪儿了？

　　宋扬：我不知道。

余桐：在体育场上你遇见了什么？

宋扬：一个戴口罩的人。

余桐：他是谁？

宋扬：跑步的。

余桐：后来呢？

宋扬：后来我就什么也不知道了。

余桐：什么都不知道是怎么回事？

宋扬：好像是被打晕了。

余桐：这几天是怎么过来的？

宋扬：我被关在一个下水道里。他用一根铁链子拴着我的脚，还剃掉了我的头发。

余桐："他"是谁？

宋扬：戴口罩的人。

余桐：他长什么样子？

宋扬：我不知道，他从来没有让我看过他的脸。

余桐：他对你说了什么？

宋扬：什么也没有说。

余桐：你是怎么逃出来的？

宋扬：他放我走的。当时，我在睡觉，醒来时发现铁链子没有了，于是我就爬了出来。

余桐：你是从哪个下水道爬上来的？

宋扬：学校大礼堂旁边的那个……

……

第三十一章　地下水牢

这天下午，余桐和几个警察来到了学校体育场，找到了宋扬说的那个下水道口。

那个下水道口就在学校大礼堂北侧窗子下面，上面还覆盖着一层厚厚的积雪。

下道口的马葫芦盖很严，几个人费了好大的气力才移开，似乎很久都没有开启过了。

而宋扬一个女孩子，怎么能轻易地就把沉重的马葫芦盖推开呢？余桐对宋扬的话有点儿质疑。

从下水道口向下望去，里面黑洞洞的，还冒着淡淡的蒸汽，像一座坟墓。

警察找来了学校里的维修人员，拿来了下水道的图纸，在维修人员的带领下，余桐和三名警察潜入到了下水道中。

余桐的身子刚进入下水道一半，他就差点儿没吐出来，他感到一阵恶心，下水道那臭烘烘的气味令人难以忍受。

余桐硬着头皮，进入了下水道底。

下水道底部是一层浅浅的污水，由于空气不流通，使人感觉憋闷，有点儿喘不过气来。

下水道静静的，只能听到脚步声和水声，个别胆大妄为的老鼠偶尔会从他的脚面上窜过去，好像有人轻轻地摸了一下脚面。

余桐的前面走着两个人，一个是维修人员，一个是警察。

后面的两个警察拿着手电筒认真地检查着脚下肮脏的污水，检阅着漂过的老鼠尸体和各种垃圾。

走了大概有十分钟，大家仍然没有找到宋扬被囚禁的地方。

走在前面的维修员有点儿不耐烦，嘴里颠三倒四地抱怨着可恶的学校，谩骂着无辜的老校长，还不住地打退堂鼓，说什么，再走下去也不会发现什么，最好不要走下去，一旦碰到恶心的东西怎么办？

"恶心的东西是什么？"余桐好奇地问。

"当然是死尸了。三年前，我就在下水道里碰到过死尸，那是个四十多岁的女人，脸被水泡得肿了起来，真是触目惊心……"维修人员咧着嘴，煞有介事地唠叨起来。

余桐一直低着头，看着那浅浅的水面，不知不觉，头痛得厉害，晕晕沉沉的。

又走了十分钟，为首的警察看再找下去也不会有什么新的发现，决定收工。

这样，几个人开始按原路返回。

余桐想再停留一会儿。他相信宋扬的话，相信可以在这里找到有用的东西。可是，他又不好独自留下去，毕竟他的手电筒快没有电了，如果自己留在这里，没有维修人员那张地图就很难出去了。

余桐的心里很矛盾，他静静地走着，不住地向后面看，似乎有一种神秘的力量在下水道深处吸引着他、呼唤着他。

最终，他决定留了下来，当时都快要走回出口了，他又走了回去。

警察把手电筒都给了他，还有那张维修员手上的地图。

这样，余桐又一个人走进了黑暗中。

那几个人都上去了。下水道只有余桐寂寞的脚步声。老鼠们的活动变得越来越猖狂，它们肆无忌惮地从他身边走过去，慢吞吞地，像人一样。

不知走了多久，余桐的手电筒没有电了。过了一会儿，另一个手电筒也没有电了。

最后，他只剩下一个手电筒了，四周越来越黑暗，越来越寂静。

他一个人在黑暗中穿行。

走着走着，他的脚突然被什么东西绊了一下，于是，整个人就摔倒在了污水中。

余桐的衣服都湿透了，散发着恶心的味道。

在他站起来时，借着手电筒的光，他发现好像有什么东西漂在水面上，若隐若现的。

他伸手把那个东西抓了起来，拿在手中，仔细一看，发现那是一个黑色的包装袋，里面硬邦邦的，好像是一个坚硬的东西。

他打开包装袋，发现里面还有一层，打开后，还有一层。

打开最后一层，他终于看到了那个东西。

那是一把剃刀。

剃刀很脏，上面还缠绕着几根长发。

难道这就是给宋扬剃头的剃刀吗？

余桐又惊又喜，连忙把剃刀收好，放到了衣服里面。

他心想，这回可找到重要的证据了。

他满心欢喜地按照原路往回走，沉重的脚步变得轻快起来。四周的老鼠似乎也受到了他的感染，跳跃了起来。

走了一会儿，余桐发现手电筒里的灯光变得微弱了，有点儿电量不足。

他又加快了脚步，抬起头，他看到了几十米远的地方有光，那里应该就是出口了。

他想，总算走到头了，心也放松了下来。

突然，他发现看到的那束光有点儿淡了，怎么回事？

余桐感觉事情有点儿不对头，拼命地奔跑起来，没跑几步，他就停下来了。

因为那束光已经没有了，有人把马葫芦的盖封上了。

他继续往前走，手电筒的灯光越来越暗了，最后熄灭了。

他还是没有走到马葫芦盖的位置。

四周一片黑暗，伸手不见五指，他被困住了。

他试着向前走几步，却又摔倒了。

他靠在下水道的墙壁上，心想，到底是谁把下水道的盖子盖上了呢？会是警察吗？不会的，他们怎么会扔下我不管吗？

下水道里很安静，只能听到滴答的水滴声。老鼠的声音没有了，它们都不说话了，不动了，瞪圆小眼睛看着面前这个倒霉的人类，还不住地交头接耳议论着，可那声音很轻、很轻，谁也听不到，谁也听不懂。

下水道的空气很污浊，使他感觉很憋闷，手里紧紧地握着那把剃刀，一种从未有过的亲切感油然而生，似乎只要把这把刀带出去就可以知道魔鬼是谁了。因为这把刀子上极有可能会有那个家伙的指纹。

如果这把刀不是魔鬼的，谁又能把这么一把普通的刀严严实实地包好，又扔进下水道呢？

一滴水从上面落到了余桐的脸上，很冷，这使他想起了宋扬。在这样的环境中，宋扬到底是怎么挺过来的呢？

时间就这样一分一秒地过去了，下水道的气温好像骤然下降了很多，他感觉很冷，脚下更是冰冷刺骨。

他感觉非常想念顾美。每到冬天的时候，顾美都会给余桐买一条围巾，她会亲自为他系上，并对他说："感觉冷的时候想想我，也许会感觉暖和一点儿！"

可此刻，他却一点儿也没有感觉到暖和，而是越来越冷。

下水道里的黑暗无边无际，他觉得自己的视觉失灵，只剩听觉和感觉了。

再也不能硬等下去了，一定要出去啊！

一定要！

他记得自己停下时是面对着那条亮光的，之后，他只是向左转了一下。

这样一来就可以识别方向了，他向右转过身，这样方向就对了。

他茫然地走进了黑暗，在心中数着步子，粗略地计算了一下，如果两步是一米，假设出口离自己站的地方有三十米远，那么就至少要走六十步。

他默默地数着步子，数到六十的时候，他转过身，靠近下水道的内壁。

他用手摸了摸，根本就没有发现什么可以爬的东西，他又走向了另一边的内壁，又是一无所获，难道是方向错了？

他又返回向原来的方向走，可走了一会儿，发现还是没有找到出口。

他不甘心，继续返回，继续数着步子，数到六十的时候停下，还是什么都没有找到，直到他精疲力竭。

他想起了和顾美被困龙镇沈兵家中的事情。如果顾美在，也许两个人可以想出更好的方法。

还有，这种被困与龙镇的被困极为相似，都是进入某个封闭区域后被困，很可能盖上盖子的就是那个魔鬼，龙镇的也是他，他一直想将余桐置于死地。

因为，他是第二个丢学生证的人。

是啊，就是这个样子。他突然醒悟——罗亦然被害后，他就始终成为那个家伙的目标。

教学楼里的两个女孩儿被剃头时，余桐就身在楼内，还有楼梯上那只血淋淋的鸡，那漫天飞舞的头发……几乎每一次事情的发生他都在场，这是为什么？

很明了，罗亦然被害后，他一直追踪着这件事，所以魔鬼就把目标锁定在了他身上。

除此之外，还有他拿到了那魔鬼留下的那张神秘纸条。

想到纸条，他不由得记起了那些姓名和数字符号。

余桐在头脑中做了一个简单的归纳：

姓名——班主任的姓名

数字——学生证最后编号

符号——五角星——生死标识（实心为死亡，空心是光头）

这三者的排列只能说是一个简单的指示，告诉你谁会有危险。

可是这三者的背后又是什么呢？还有着什么规律吗？为什么沈兵在日记中说，他已经参透纸条的秘密呢？

这秘密到底是什么？

魔鬼的名字？

他猜不到。

这三者都在同一个点上，一条直线上，怎么才能把他们立体起来呢？

立体？

他的脑海里猛然闪过一个人——杨老师！

想起了和顾美看电影回来的夜里，在街口烧纸的杨老师，他在风中烧纸的动作，开始在余桐的内心回放，那被风吹起的火苗映出杨成清那张恐怖的脸，鬼气十足。

还有，现在的这个下水道在哪里？

——学校的大礼堂后面。

他不禁一惊，大礼堂后面？杨老师不就是在大礼堂值班吗？

他可以站在大礼堂的窗子里给自己打电话！

他可以轻松地把宋扬弄进下水道！

他可以在晚上值班后潜入下水道给宋扬送饭，为宋扬剃头！

他可以轻轻松松进入校保卫处，再不慌不忙地拿出抽屉里的手机，换成顾美的手机卡。

他可以一直站在大礼堂里，透过窗子看着警察和余桐进入下水道，又亲眼看到警察离开。

他更可以在警察走后，来到下水道口，盖上盖子。

他的剃刀根本就没有丢失过，下水道里的这把剃刀就是他的。

他做事干净利落，一丝不苟。

这不正是一个魔鬼具备的条件？

……

余桐的脑子里突然冒出了无数个恐怖的猜想，难道这一切都是他所为？

这时，他听到头顶有轻微的响声，随后，周围突然明亮起来。

他抬起头，看到了头顶刺眼的亮光，还有顾美那张模糊的脸……

"余桐，你没事吧？"顾美说。

"没事！"余桐仰头看着她，内心无比感动。他想移动，却发现双腿已经麻木了。

原来，他的头顶就是出口，他站在那里那么久，却没有发现，原因是他寻找出口的方向错了。

……

顾美说，她是看到那几个警察的时候，才知道他还在下水道里，就马上赶来了。

可是顾美发现下水道的盖子不知被谁盖上了。她以为他已经走了，就满学校地找他，却没有找到，只好掀开盖子。

其实，警察根本就没有走远，他们就在大礼堂对面的保卫处里。

因为，最近又发生了几件小孩子失踪的案件。

第三十二章　洞　穴

余桐把从下水道里捡到的剃刀交给了警察。

经过鉴定确认，剃刀上的指纹是杨成清的，刀子上的头发是宋扬的。

就在余桐进入下水道的时候，杨成清正好就在大堂里值班。

余桐感觉自己一直以来的猜测被证实了——杨成清就是魔鬼理发师。他还是有点儿疑惑，这一切看起来似乎都是指向杨成清的，但是，这一切线索缘何会这么容易找到呢？

杨成清会给宋扬剃头后，把剃刀随手扔进下水道吗？刀子包得很紧密，为什么偏偏要扔在现场，而不是别的地方呢？这岂不是太草率了？

他会笨到这种地步吗？

余桐正准备理清头绪，查找事情真相的时候，警察已经逮捕了杨成清。

警察去抓他的时候，他正悠闲地坐在值班室里喝水，泰然自若。

没有反抗、没有挣扎，他很平静，好像一切都在他的预料之中一样。

　　在审讯室里，警察问杨成清："你知道我们为什么抓你吗？"

　　"知道。"

　　"你说说是为什么？"

　　"你们怀疑我是那个专剃人头的魔鬼。"

　　"知道就好，那你就如实交代吧！"

　　"交代什么？我什么都没有做！"

　　"铁证如山，你还敢狡辩？"那个瘦警察很愤怒，大声地拍着桌子。

　　"什么证据？"

　　"在下水道的剃刀上有你的指纹。"

　　"那是我的剃刀，当然会有我的指纹，那是我丢失的。"杨成清平静地说。

　　"那好，再让你看一件东西。"说完，警察拿出了一只白色的口罩，"这是在你的办公室里发现的，你可以说出这东西是做什么用的吗？"

　　"别人送给我的，但我一直没有舍得戴。"杨成清说。

　　"谁送给你的？"

　　"我的同事倪风。"

　　瘦警察不屑地笑了笑，走开了。

　　过了一个小时，倪风来了。

　　警察问倪风："这只口罩是你送给杨成清的吗？"

　　"是的。"

"什么时候送的？"

"半年前。"倪风说。

"为什么送给他这个？"警察问倪风。

"非典时期，学校里每位老师都有一个这样的口罩。"

警察感觉事情棘手，非典时期，的确每位老师都有一只口罩。如果认定谁拥有口罩，谁就是魔鬼理发师，那可真是大海捞针了。

对于杨成清的调查，暂时告了一段落，尽管每一个人都认为他就是魔鬼理发师。

余桐从倪风那里得知了警察的审讯情况，并没有感到吃惊，因为像杨成清那样一个沉稳、老练的人是不会轻易说出一切的。

再者，也许他根本就不是魔鬼理发师，魔鬼理发师还另有其人。

当他站在下水道里的时候，到底是谁走到水道口，盖上了盖子呢？

这个人怎么会表现得那么轻松、那么诡秘呢？连一个目击者都没有？

这天夜里，余桐做了一个梦。

他梦见自己又回到了体育场上，他看到一个人从下水道口走了进去，那个人就是他自己。

四周没有风，轻飘飘的，那黑黑的下水道口，像洞穴一样深不可测。

他独自站在体育场上，双眼死死地盯着下水道口。

他听到从下水道里传出了一声微弱的喊叫，那是他自己的声音。

……

第二天，余桐起床后就给公安局打了电话，结果得知，杨成清还没有交代,他一直在死撑。他到底在做什么?如果真的不是他做的,他应该表现出强烈的反抗才对,怎么会如此安然呢?他的心里到底在想些什么?

难道真的是他?

如果真的是他,那沈兵日记中记录的那个水下人又是谁呢?

罗亦然被害的那天夜里,从手里伸出了一只惨白的手,把杨成清拉入了水中,这又从何解释呢?那个人为什么会在跳入水中后又伸出手去抓别人的脚,而不是逃走呢?

那个人为什么要这么做?

只有一个可能,那就是他想置水上的人于死地。

何以如此?

突然,他想到了那只丢失在绿园人工湖上面的钱夹,还有里面的纸条。

对,就是这样的,那个家伙想夺回纸条。

当那个人感觉被人发现时,匆忙逃向绿园,在跳入湖中时不小心丢了钱夹。当他发现丢失钱夹时,已经晚了。

因为岸上的两个人已经搏斗了起来。他只好伸手将一个人拉入湖中;当他伸手去拉第二个人的时候,巡逻的警察来了。

所以,沈兵才拿到了那个钱夹和线条。

纸条?又是纸条,怎么反复思考又回到了纸条上了呢?

余桐又重新打开那张纸条,看着那一串串早已烂熟于心的名字、数字、符号,仍然一头雾水。

他又想起了那个梦,那个如洞穴一般的下水道,当时自己身处绝地,为什么没有想到头上就是出口呢?

为什么？

……

思维方式？思维方式？

余桐看到天边又堆积起了厚厚的云层，低低地压在城市的上空，看来又要有一场大雪了。

云、雪？

他想起那漫天飞舞的雪花，还有那……那漫天飞舞的头发！

落下、落下、落下……

他记起了网络上的 Flash 动画，那条条代表雨滴的直线，同样是以优美的姿态划过城市的上空，网络中的雨雪与现实又有什么差别呢？只不过，网络更加唯美、更为写意。

雨雪——直线——垂直……

垂直？

余桐终于想通了。

他在下水道里的思维是平行的，只考虑前后，而没有想到上下这个问题。

那么，两者的差别也就是平行思维和垂直思维的差别了？

真是太好了！

平行、垂直？

他迫不及待地打开纸条，双眼飞速地看着那些数字——

平行、垂直？平行、垂直？

怎样才能把这两个词运用到纸条中呢？

第三十三章 仇恨的眼睛

杨成清从看守所出来了，原因是证据不足。

他消失了，在这座城市里消失得无影无踪的。

他没有返回学校，因为他已经被学校开除了。

整个学校再次陷入了恐慌中，许多人议论着，说杨成清会回来复仇的。

还会有很多人将会被剃成光头，被杀害。

每一个人都生活在恐惧中，胆战心惊。

为此，余桐和顾美来到了公安局，希望可以得到一个合理的解释。

走到公安局二楼时，余桐听到了小孩子的哭声。

那些小孩子的哭声是从公安局的二楼的一个房间里传出来的。余桐感觉奇怪：公安局里怎么会有小孩子？

他循声而去，走到了一个办公室的门口，看到屋子里面并排坐着三个三四岁的小孩儿，他们面前放着一张小桌子，桌子上摆着各式各样的零食。一位年轻的女警察正在哄着他们玩儿，女警察说："阿姨给你们讲个故事好不好，一会儿你们的父母就来了。"

三个小孩儿嗲声嗲气地说："好——"

这时，两个拿着牛奶的女警察走了进来，其中一个边走边说："真是太缺德了，竟然要把这么小的孩子卖掉！"

"拐卖孩子的罪犯抓到了吗？"余桐问女警察。

"当然抓到了。"

"罪犯现在在哪儿？"

"正在受审。"

余桐好像突然想起什么一样，急匆匆地跑上了楼梯。

顾美在后面喊他："你要干什么？"

"我想去看看那个拐卖小孩儿的人的样子！"

"杨成清的问题还没有解决，你怎么又关心起小孩儿来了？那个大魔头至今还逍遥法外啊！"顾美想不明白余桐到底要做什么。

余桐找到了鳄鱼警察，警察问他："你是来问杨成清的事吗？"

"不是！"

"不是，那是为什么？"

"我想知道拐卖小孩儿的罪犯是什么人！"

"问这个干什么？"

"我想会对这次案件有帮助。"

"帮助？"警察以怀疑的目光打量着余桐，有点儿迟疑。

"你快告诉我吧！人命关天。"

"好的，她是个女人！"警察说。

"女人？什么样的女人？"

"脸上有刀疤的女人！"

"啊？"余桐大吃一惊，他突然想到了那个收头发的农村女人，她会是拐卖小孩儿的？

"你见过她？"

"当然，我还与她接触过几次，沈兵死前曾经见到过她，而且罗亦然被害的那天晚上，她就在学校里。"

"真有这种事？我带你去亲自辨认一下。"

半个小时后，余桐见到了那个拐卖儿童的罪犯，她面对着墙坐着，他只能看到她的背影。

但从那背影，他便已认出是她了。

她慢慢地转过身，在阴暗的牢房里，她脸上的伤疤显得很模糊，她脸色苍白，情绪低落，坐在墙角，双手拢着脚踝，眼睛直视地板，若有所思。

"石根白，站起来！"警察的声音很大，震得牢房的铁门都瞬间颤抖了一下。

石根白，就是那个刀疤女人。

一个非常怪里怪气的名字。

她听到声音后懒散地站了起来，长发垂下，使人分辨不出她的年龄。

"是她吗？"警察问余桐。

"是她。"

警察告诉余桐，这个叫石根白的女人已经 41 岁了，她做拐卖人口这一行已有 20 年了，到底拐卖了多少个孩子，连她自己都数不清了。

她抬起头，慢慢地走了过来，眼睛凶狠地望着余桐，令他感觉脊背一阵微凉。

"石根白，你认识他吗？"警察指着余桐问。

"认识。"女人说。

"在哪儿里见过？"

"梦里，他已经死了。"女人看着余桐，冷笑了一声。

"石根白，你老实一点儿，到了现在你还这么猖狂？"警察大喝一声。

女人不笑了，依然盯着余桐。

余桐拿出沈兵的照片，说："这个人你见过吗？"

"见过，我收过他的头发。"

"你还打伤了他？"

"可以这么说。"

"你经常去学校做什么？"

"找头发，找女孩儿。"

"然后，你把她们卖到西部和南方？"

"没有。我只是给一些爱慕虚荣的人提供必要的途径。"

"你知道校园里最近发生的一系列剃头和杀人事件吗？"

"不止听过，还亲眼看过。"

"哦？"余桐很惊喜，没想到她居然见过，"你说说，是怎么回事？"

"第一个女孩儿出事的那天夜里，我在学校里看到了他。"女人指着沈兵的照片说。

"他当时在哪里？"

"在学校门外向里张望，也许当时他也看到了我。"

"你当时在学校里做什么？"

"寻找女生。"女人无耻地说。

"你一直都在那里吗？你都看到了什么？"

"我一直都站在那里。在这个人没来之前，我看到一个男人从校外进来了，他就是学校值班室里的人。"

"杨成清？"

"我不知道他的名字。他进来后，没有进值班室，而是走进了学校，不知道他要做些什么？"

"当时，值班室的灯是亮着的吗？"

"是的。因为里面有人。"

"你看到从校外回来的女孩儿了吗？"

"看到了，有三个。"

"她们都去哪儿了？"

"都进入寝室楼了。"

"没有走进学校树丛的？"

"没有。"

没有走进学校树林？这么说，罗亦然当初说的话确实是撒谎了，她根本就没有去过树林，而是直接上了寝室楼。余桐突然这样想，然后问："然后呢？你看到了什么？"

"值班室的门开了，走出来了一个人。"女人说。

"那个人是什么样？"

"中等个头，他低着头，看不清是什么样子。他在门口站了一会儿就回去了！"

"这个人是不是脚上绑着绷带？"余桐急切地问。

"是的。"

余桐终于明白，走出来的这个人就是倪风。石根白并没有撒谎。

"然后，你去哪里了？"

"我离开了。"女人说，"当我走到值班室门口的时候，我向里面看了看，结果发现，里面根本就没有人。"

"没有人？你不是亲眼看着那个人走进去的吗？"余桐问她。

"是的，可是那里面确实是没有人。"

没有人？那倪风去哪里了呢？余桐非常疑惑地想。

女人没有再说什么，只是低着头离开了，没有再说话。她往回没走几步，就停了下来，仰起脸，她又流鼻血了。

"她得了血癌，活不了多长时间了。"

"血癌？"

"是的，即使她不得血癌，她的罪行也不能容她再活下去了，她一共贩卖了61个小孩儿。连她自己都忘记那些小孩儿是哪里的了！"

余桐离开的时候，天已经黑了；他给顾美打电话，可发现她已经关机了。

第三十四章　破　译

　　余桐回到学校的时候，突然接到了顾美的电话，她的声音很急促："余桐，有人跟踪我！"

　　"你现在在哪儿？"

　　"我在我家附近，那个人很像杨成清。"

　　"你快点儿走找个人多的地方？快打电话报警。"

　　"不行，我的手机快没有电了，而且我现在已经走进小区了，这里一个人也没有！"顾美因恐惧而变得失声。

　　余桐听到那边传来顾美奔跑的脚步声和杂音，她的喘息声变得越来越急促。

　　余桐心急如焚，恨不得马上飞到顾美的身边，她怎么会被杨成清跟踪上呢？

　　"你快点儿报警啊？还等什么？"他大声地喊着。

　　顾美哭了起来，沉重的脚步声变得更为沉闷："快来救我……"

　　电话信号中断了。

顾美失踪了，杨成清也失踪了。

警察在顾美家的那个小区里什么线索都没有找到，连她的手机也消失得无影无踪。

"快来救我……"

顾美的声音久久地在余桐的耳畔回旋。他可以想到，顾美一边哭一边跑时的样子，她现在到底怎么样了？她在哪儿？她也会像宋杨一样被关在昏暗、肮脏的下水道里，被剃光头发吗？

难道真是自己理解错误？真的是杨成清干的？魔鬼理发师就是杨成清？

警察找遍了杨成清所有可能去的地方，都没有找到他。

在杨成清的家中，警察发现了一堆燃尽的纸灰，屋子里摆放整齐，他妻子的遗像挂在玄关的对面，直视着走进门的人，她那双深陷在眼窝中的眼睛，释放着鬼魅的光芒，似乎在为自己短暂的生命而喊冤，给人的感觉非常别扭，令人心里发毛。

屋子里没有其他的痕迹，杨成清好像很久都没有回来了，屋子里落满了灰尘。

在卧室的床头，余桐发现了数张关于股票的报纸，还有一张手绘的股票走势 K 线图。

他忽然明白了杨成清生活窘迫的原因了——他一直都在炒股。

他终于想通了——

炒股？杨成清的钱除了为老婆治病就全都炒股了！目的是为了赚更多的钱，可以找回自己的女儿。可是事与愿违，他不但没有发财，反倒炒得倾家荡产。他会因为命运不济，而产生报复心理，去剃人头发、杀人吗？

不可能，他一直背负着发财、找孩子的愿望，怎么会去杀人呢？

他这样想着，眼睛不知不觉落到了那张手绘的 K 线图上，那张图画得很清晰，像中学生的数字作业本，画的像数学坐标图！

坐标图？

余桐看着 K 线图的直角部分，突然想起了自己身上的那张神秘纸条。

坐标图？可不可以把神秘纸条上的人名、数字、符号以坐标的形式画出来呢？

他突然有一种想试一试的冲动，于是，拿出了那张纸条，画了起来了。

警察看着他奇怪的举动，满脸默然。他们似乎在想，这东西会对破案有用吗？

是否有用，画出来就知道了！他自信地想。

画图的方法是这样的，以班主任的姓名为 X 轴，以每个班主任后面对应的学生证编号为 Y 轴，找出对应的点，画出抛物线，即可取得坐标图了。

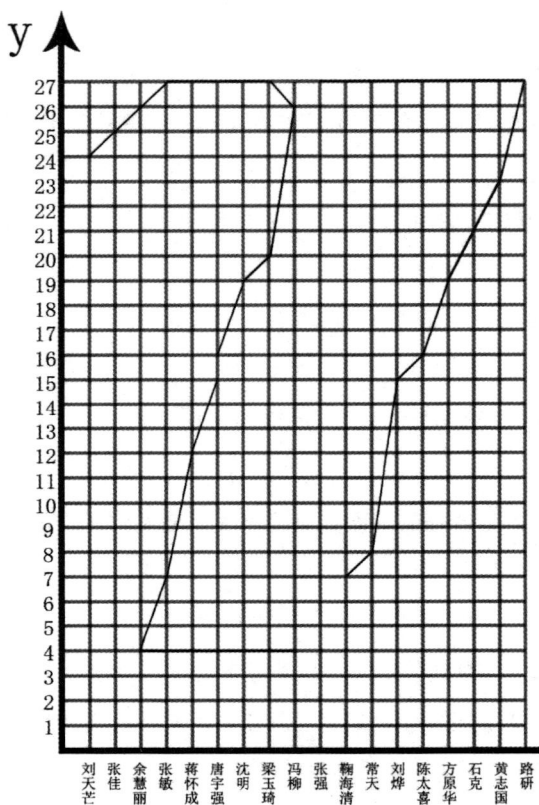

刘天芒—24 ☆ 张佳—25 ☆ 余惠丽—4 ★、26 ★ 张敏—7 ★、

27 ★ 蒋怀成—12 ☆ 唐宇强—15 ☆ 16 ★ 沈明—19 ☆ 梁玉琦—

20 ☆ 27 ★ 冯柳—4 ☆ 26 ☆ 张强—27 ☆ 鞠海清—7 ☆ 常天—

8 ☆ 刘烨—15 ☆、陈喜太—16 ☆、方原华—19 ☆、石克—21 ☆、

黄志国—23 ☆、路研—27 ☆

212

余桐将每个点相连，得到的数字竟然是27。

27？这是什么意思？为什么坐标图里会得出这个数字呢？这个数字有什么寓意吗？

那个家伙为什么会把这么一个东西带在身上呢？他列好这些名字到底是想做什么？

这组合而成的数字"27"，会是他的有意组合吗？

27、27、27、27？

如今，这两个世界上最普通、最简单的数字在他的眼里却变得高深莫测。

这到底是什么？

他偷了那么多的学生证只是为了组成这个？

不会的，他应该是先有这两个数字的概念，然后才按照所对应的点去偷学生证。

如果是这样，那么，这两个数字是他的特定安排了。

这时，警察接到了一个电话，他站在余桐身边，说道："孩子的家长都来了，都把孩子领回去了吗？……好，好。"

孩子的家长？"那么公安局里的孩子被家长认领走了？"他问警察。

"是的，今天三个孩子的家长都来了。"

"这样啊！"

又是那些失踪的孩子。他突然想起在校报上的那条失踪孩子的新闻。

对了，27，好像那些孩子失踪的日子就是27日。

于是余桐迅速赶回了学校，找出了那张旧校报和那两篇消息。

6 岁幼童被陌生人领走

……另讯，27 日，警方又接到报案，报案人称自己 5 岁的儿子被陌生人领走……

果然是 27 日，1987 年 6 月 27 日，一个 5 岁的男孩儿被人领走……

27 日，可是，杨成清的孩子失踪并不是 27 日，27 日失踪幼童的父亲一直没有找到。难道这一切，都是这个小孩儿的父亲做的？

假若这个猜测是真的，那么，沈兵当时在日记里为什么说可以查出真凶呢？这里面还有其他的意思吗？

余桐又把纸条拿了出来，重新地看了一遍，包括每一个名字、数字、符号。

他的眼睛在那些班主任的后面停住了，看着那些学生证编号，他感觉好像有点儿特别。

这时，屋外的走廊里传来一种声音，好像是个女人，她气呼呼地说："你们是干什么的？怎么可以破门而入？"

"我们是警察，正在执行公务，这是我们的证件。"一个警察温和地说。

听到"证件"这个词，余桐突然一惊——27，会不会是某种证件的号码呢？

它不会是号码的全部，也可以像那些学生的学生证一样，是证件最后的两位编号。

如果真是这样，那么这又是一个什么样的证件？持证的人又在哪里呢？

此刻已到下午 5 点，天已经黑了。

他开始想念顾美了，她的所有影像又开始排山倒海地向他扑来，她最后留下的那句话又回响在余桐耳边，那声音变得越来越急促，越来越恐怖，她那哭泣的声音令他心如刀割。

"快来救我……"

……

闭上眼睛，他似乎看到了一个戴着口罩的家伙已经将顾美扑倒在地。顾美无济于事地挣扎着，她那青白的手是多么软弱无力啊！最后，那个家伙狠狠地向顾美的头上打了一下，她没有声音了——那个家伙正亮出刀子给她剃头……

顾美！！余桐双手捂着耳朵，睁开眼睛，已经泪流满面。

"顾美！再等我一下好吗？就等我一会儿，你一定要支持我，我会找出那个家伙的，一定能。"余桐轻轻地在心里说。

然后，他坐了下来，尽全力压住烦乱的心思，竭力保持镇静。

持证的人在哪里？

他开始从头回想每一个细节，从罗亦然被害的那天晚上开始，直到顾美电话里的求救声。

每一次事件几乎都发生在学校周围，发生在学生身上……

每一次事件前，被害人的学生证都会被偷……

每一次事件后，他都会迅速脱身，不留下半点儿痕迹……

他会轻而易举地找到目标，迅速出击，每一次都得手了……

他了解学校里每个老师、每个学生，他仇深似海，他给人剃头就像一位理发师，不慌不忙，由不得你半点儿反抗。

他剃掉了罗亦然、A、B的头发，他杀掉了沈兵、大礼堂的女孩儿，还放火企图烧死余桐和顾美，他还囚禁了宋扬一个星期……

难道他就生活在校园里？是一个老师？如果是老师，那就一定有工作证了？

27，会是他的工作证编号吗？

余桐立刻打电话给公安局，请他们帮助查找1987年6月27日那天失踪男孩儿的父亲是谁？他又马上赶到了校学生处，查找全校教职工的工作证编号。

最后，找到了7个尾数为27的工作证编号。

他们分别是：齐赞、倪风、程志、张秋阳、霍丽、石磊。

倪风？怎么可能是他，余桐又看了一遍，证实他的工作证最后两位确实是27。

他愣住了，他走到窗口，看到学校西门值班室的灯是亮着的。

窗外又下雪了，是大雪。

他感觉浑身上下寒冷无比，好像自己此刻正站在一个巨大的冰块上。

这时，他的手机响了起来。

"余桐同学，资料我们找到了，1987年6月27日失踪男孩儿的父亲叫倪风。"

他感觉自己的手在颤抖，说不出话来，感觉天旋地转。

手机里传出那个警察的声音："你在听我说话吗？余桐同学，说话啊！快说话……"

他简直不敢相信这是事实。

"倪风就是魔鬼理发师。"

他跑向了值班室，打开门，发现屋子里坐着一个陌生人。

"你找谁？"那人说。

"倪风呢？"

"他回家了。"

雪停了，这是北方最冷的一天。

第三十五章 坠　落

　　警察和余桐来到倪风家的时候，邻居说他已经搬家了，谁也不知道他搬到哪里去了。

　　倪风到底会搬到哪里呢？

　　警察找到了倪风的亲戚，可他们谁也不知道倪风的新家在哪里。

　　最后，余桐来到了顾美失踪的地点——她家的那个小区。

　　站在小区的广场里，他抬起头，仰望周围林立的高楼，倏地，"啪"的一声，一只乒乓球从空中掉了下来，落到了他的面前。

　　他拾起那只球，抬起头，正好看到对面那栋大楼，这座大楼有9层高。

　　倪风能以最快的速度弄走顾美，除非他就住在附近，会不会就住在这栋楼里呢？

　　他飞快地跑到了这座楼的楼下，拿出倪风的照片递给了楼下的商店老板。

“你见过这个人吗？”余桐说。

“见过，他家就住在八楼。”

八楼？余桐愣了一下，他怎么可能把顾美弄到八楼，又不会被人发现呢？

“他在这里还有房子吗？”

“有，B座的地下室。”商店老板如是说。

“可以带我们去吗？”

“可以。”

于是，他跟着老板来到了倪风的地下室。地下室的门前有着铁栅栏，栅栏外面还有一把巨大的锁头。

“你最近有见过倪风吗？”

“没有。”

他竟然没有见过倪风？难道他根本就没有回来过？

余桐坐到了地下室的台阶上，盯着铁栅栏后面那扇绿色的防盗门，百思不得其解。

最后，他决定试一试，看看里面到底是什么？

不一会儿，警察来了，撬开了地下室的门。

地下室里没有灯，黑乎乎的，散发着一股浓重的油漆味。由于潮湿和漏水，四周白色的墙皮大部分都脱落了，裸露出灰色的水泥墙体。地下室里空荡荡的，没有任何家具和摆设，水泥地面上零乱地扔着几只方便面包装纸，好像很久都没有人来过了。

余桐走进去后，在水泥地面上看到了一摊暗红色的血迹，突然听到了“吱扭扭”的声音，好像是从地下室里的一个屋子传出来的。

也许是顾美！

他不由得心中一阵惊喜，快速地跑向了地下室的一个房间。

推开门，他再一次看到了鲜血，还有一个最令他意想不到的人——杨成清。

杨成清呈"大"字躺在地板上，他的头光光的，双眼痛苦地盯着天花板，张着嘴，抖动着，身体不停地抽搐着，他的右胸上有一个口子，那里正在流淌着鲜血，好像事情刚发生不久。

"他还活着。"一个警察说。

杨成清的嘴还在动着，好像要说什么。

余桐马上将耳朵凑近了一些，可是他听不清杨成清的声音。

杨成清的手动了动，慢慢地举了起来，手指指向天花板。

"你要说什么？快说啊？顾美在哪儿？"余桐大声地喊着。

杨成清突然闭上了眼睛，手指也放了下来，余桐的心猛地一沉，他想，杨成清死了？

"他还没有死？只是昏了过去！"警察说。

"快上八楼！顾美在八楼！"余桐想，杨成清的手指大概就是那个意思吧！

八楼。

倪风的门被轻而易举地弄开了，他并没有在屋子里。

屋子很小，只有一个卧室，卧室里有一台电脑，电脑的旁边放着一只箱子，箱子里堆满了头发和衣物。余桐发现那些衣物就是原来顾美丢失的那些东西——原来，倪风就是用这台电脑盗取的大礼堂女孩儿的网上日记密码，还偷了顾美的东西，给她点歌。

卧室的墙上挂满了头发，一堆堆圆圆的、毛茸茸的头发，就像一个人的后脑勺儿挂在墙上，非常恐怖。

每个头发下面都标有一个人的名字，第一个长发下面写着：罗亦然；第二个下面写着：沈兵；第三个……一共八个人的头发，而第九个只有名字没有头发，名字是：顾美。

顾美到底被他弄到哪里去了呢？

在卧室的床上，放着一大堆学生证，都是纸条上那些学生的。

这时，警察接到了一个电话，电话是楼下的人打上来的。

那个人说倪风在楼顶。

九楼顶部。

倪风穿着一件白色的衬衫，站在寒风中，手里拿着剃刀，正在有条不紊地给人剃头。

那个人就是顾美，她被反绑着双手，双眼直视着皑皑白雪，毫无表情。

"住手！"

"啪！"

警察向天鸣了一枪。倪风听到枪声后马上停住了手，惊惶失措地望着警察，满脸泪水。

他举起了双手，扔掉了刀子，像一位刚为人理过发的理发师一样从容不迫，慢慢地向后退。在后退的过程中，他的手抓住了自己的头发，猛地一拔，头发就全都掉下来——他把自己也剃成了秃子。

"顾美！！"余桐喊着她的名字冲了过去。此时的顾美已经倒在雪地上了，她的双眼呆滞地看着雪。他把她抱起来，她也是无动于衷，面无表情。

片刻后，顾美开始慢慢流泪，最后放声痛哭。

倪风已经退到了大楼的边缘，他那惨白的脸上突然露出了恐怖的狞笑，飞身跳入了大楼。

倪风死了。

第三十六章　27

警察从倪风家里翻出了一台 DV 机，是索尼牌的。

打开 DV 机，可以看到一身白衣的倪风，他坐在地下室里，面对着镜头有点儿紧张，身体不住地扭动着，还自言自语道："我这样是不是太随便了？"然后，冰冷地笑了笑，他向屏幕伸出了两只手，立刻，他的脸变得无比硕大、恐怖起来，连他眼睛里的血丝都看得一清二楚。

他好像是把 DV 机拿到手中了。

他开始说话了。

他说：我开始讲故事了。

——

很多年前的一天，我是一个小孩子，那个时候我很小。

我妈妈有病，整天躺在床上，从来都不说话。

我爸是个酒鬼，他一天打我八遍，还给我剃头。

（倪风边说话边做动作，他站起来拿起一根棍子，凶狠地挥舞

着，好像是在用动作解释自己的语言）

他没完没了地给我剃头，反反复复，喝醉了就给我剃头，像削苹果皮一样。

后来，他根本就没有给我剃头的机会了，因为我成了秃子。

所有人都笑话我，追着我说"小秃子，小秃子"。

我回家问我爸，我说："你为什么总是打我，我还是不是你的儿子？"

他听我的话，狠狠地抽了我一巴掌，恶狠狠地说："小浑蛋，你是我花钱买来的！"

他打得我眼冒金星，我说："你骗人。"

他揪住我耳朵，像拎小鸡一样把我拎到妈妈床前，说："你看看，你和她长得一点儿都不像。她是个哑巴，她有病，根本就生不了孩子。"

我哭。

拼命地摇着我的妈妈，她却纹丝不动。

我这才发现，她已经死了。

后来，医生说妈妈死了两天了，其实她活着和死了没有什么差别。

虽然她死了，但我还总认为她就是我的亲妈妈。

她死后，爸爸开始变本加厉地折磨我，打得我体无完肤。

他早出晚归，神出鬼没地不知道做什么。

后来，我发现他是一个人贩子。

我跟踪他，发现他又拐卖了一批孩子，准备卖掉。

正东奔西走联系买主。

一个午夜，我跟随他来到了一栋房子外，房子四周堆满了干草。

于是，我在外面插上了门，用石头把门堵死了，用干草堆满了房子，点燃了火柴……

房子烧了起来，里面传出那个男人痛苦的求救声，我没有理他。

后来，房子里又传出来小孩子的哭声，原来，他拐卖的孩子也在里面。

我想开门去救那些孩子，一想到这样就会放走这个男人，就没有开门。

那时我想，我都没有找到自己的父母，为什么要放走你们呢！

这是一个恶毒的想法。

我亲眼看着那些人被烧死，他们一个也没跑出来……

我被村长收养了，他带我离开了那个村庄。

他对我很好，把我送进了学校，令我感恩戴德。

我决心用一生报答他们夫妇。

可是，事与愿违，我结婚以后，他们就相继去世了。

我成了一名理发师。我妻子对我很好，生了一个可爱的儿子。

我以为可以摆脱不幸的命运，开始全新的生活。

可是，我错了。

1987 年 6 月 27 日，阴天。

我和儿子去公园玩儿，当时，我急着上厕所，又不能带他一起去。

这时，我看到路边站着一个二十多岁的年轻女孩儿，她很漂亮，满头长发，正在逗着我的儿子玩儿。

她像是一个中学生，我很信任她，让她帮我看一下孩子。她很高兴地答应了，然后，继续和我儿子玩儿。

我上厕所回来时，看到那个女学生正抱着我儿子急匆匆地向远处跑。

我追她，可是太远了，她一拐弯儿就消失在了胡同里。

那条胡同的尽头就是如今我就职的这所大学。

儿子的丢失，令妻子伤痛欲绝，最后，愤愤离我而去。

由于我精神过度紧张，不小心剪掉了一个理发者的耳朵，不久，理发店也关门了。

我的人生就这样毁在了人贩子手中。

那个女孩儿的长发始终萦绕在我的梦里，成了我的一个心结。

此后，我养成了一个坏习惯，恋发。

我总是喜欢收集各种各样的头发。

经人介绍我进入了这所大学，成了一名管理人员。

我没有去找我的儿子，我知道找也找不到。

我将所有的仇恨都集中到了那个长发女孩儿的身上。

我一直在等，我坚信她会在某一天出现在校园里。

这样我等了十几年，她仍然没有出现。

在这十几年间，我始终以炒股为乐，并因此发了一点儿小财。

但这并没有驱走我内心的仇恨。

一天，我碰到了一个算命的，他说我命运不济，天生注定要妻离子散。

我问他能否破解，他说可以，说完，就在我的手中写上了两个字：27。

我再问下去，他却避而不答，说天机不可泄露。

27？

我忽然想起我的儿子就是在27日失踪的。

也许这只是一个巧合，只是算命人的一种骗术而已。

而我信以为真。我苦苦寻觅这两个数字，却怎么也找不到。

直到有一天，我又遇见了她。她是一个女孩儿，名叫罗亦然，长发飘飘，与那个抱走我儿子的女孩儿长得很像。

看到她那满头长发时，我突然有一种冲动，把它们剃掉，据为己有。

后来，我便开始疯狂地跟踪她。每个夜晚，当人们熟睡后，我开始凝视她寝室的窗子，思念着她那满头秀发。

学校里像那个女孩儿那样拥有满头秀发的人还有很多。我很留意他们，便一一记下了他们的名字。

看着那些名字，压抑在我内心多年的仇恨又再次泛滥起来，令我痛心疾首。

幼年残暴不仁的养父，

死尸一般的哑巴母亲，

妻子离开我时的毅然决然，

儿子消失时那瘦小的身影，

只留下长发背影的人贩子……

……

这一切都令我感受到一种刺骨的疼痛，不可名状的悲伤。

我的儿子到底在哪里？他现在也会像我的幼年一样吗？生活在他人的凌辱中？

看到眼前那些衣着光鲜的长发女孩儿，更加令我火冒三丈。

为什么他们可以过着幸福的生活，我的儿子却遭人凌辱呢？这个世界为什么是如此的不公平？

有一天，偶尔捡到了一个学生证，我打一看，原来是那个女孩儿罗亦然的。

我把她的学生证藏到了家里，感到一种莫名的惊喜和成就感。

突然，我有一种冲动，何不将我记下名字的那些长发女孩儿和男孩儿的学生证都偷来呢？

这是一件多么刺激的事情啊？

就这样，我开始不声不响地偷他们的学生证。

恰好他们的学生证都放在寝室里，而我又拥有学校里每个寝室的钥匙，这样偷起来就容易得多了。

上课时间，我用钥匙打开寝室的门，就轻而易举地拿到他们的学生证了。

我把那些偷来的学生证摆在一起，感觉自己非常伟大。

由于炒股，我对数字情有独钟，因此，学生证里的那些编号引起了我的兴趣。

我将每个学生证的最后两位编号抄下来，发现这种抄写很像股票的走势。

于是，我又试着把他们画成了坐标图，当我把坐标图上的每个点连接起来的时候，奇迹出现了，纸上竟然出现了算命人所说的那两个数字：27。

我固执地认为算命人的说法灵验了。

可是，仅仅找到了27，下一步我将做什么呢？

一次回家，我偶然看到了家中那把尘封多年的剃刀，拿了出来，擦干净后放到了包里。

不久后的一天夜里，我看到了晚归的罗亦然，她那漆黑的长发再次引起我的一阵冲动。于是，我掏出了那把剃刀跟上了她，剃掉了她的头发。由于不小心，我的刀子划破了她皮肤……

（倪风说到这里的时候，恐怖地笑了笑，伸手拿过了一大束头发，用手指着说："这就是罗亦然的头发！"）

那天晚上，我做了一个梦，梦到了我的儿子，他向我招手。这是十几年来我第一次梦到他。

这给了我很大的信心和一个不切实际的猜想：是不是剃掉27个人的头发就可以找到儿子了呢？

可是，意外出现了，我写有学生证号码的纸条不小心掉到公园里，被沈兵捡到了。

就在这天晚上，我突然发现，自己的工作证号码居然也是27。这令我顿时慌了手脚。如果他一旦破译了纸条上的号码，找到了27，那不就找到我了吗？还有那张纸条上的指纹。

就这样，我杀了沈兵，剃掉了他的头发。

这期间，余桐一直对此事穷追不舍，令我非常恼火。于是我就放了龙镇的大火。可惜的是，没有烧死他。

此后，我迷恋头发几乎到了痴狂的地步，连我自己都控制不住。我开始不断地剃女孩儿的头发，或者弄死她们，或者像拴小狗一样把她们拴起来，看着她们痛苦的样子。这样，我心底的悲伤慢慢得到了平复。我想，如果儿子在场，他也会喜欢这种景象——我终于理解那个所谓的父亲折磨我时的心理。他剃我的头发是为了寻找到一种解脱，还是为了逃避内心的谴责，掩盖自己的罪行呢？

229

（倪风哭了，在镜头前跪了下来，痛哭流涕，他的脸变得扭曲而痛苦。他的哭声很大，令人毛骨悚然。突然，他停止哭泣，拿出了一个证件，仔细摆弄起来，那个证件像一个工作证。）

……

DV 机的图像没有了，倪风也永远消失了。

第三十七章　报　应

　　每到夜里，关押农村女人的牢房都会传出令人惊心动魄的叫声——她每天晚上都是噩梦不断，尖叫不断，她那凄厉恐怖的喊叫时常将整个牢房的人惊醒，令人难以入眠，她到底梦到了什么，谁也不知道。

　　有一天，农村女人哭喊着叫狱警，说自己要交代问题。

　　农村女人说，十几年前，她在替一个男人照看小孩儿的过程中，抱走了那个小孩儿。

　　她在抱着小孩儿去找买主时，乘坐的汽车翻了，那个小孩儿当时被压得扁扁的，死了。

　　因为那次车祸，她的脸上留下了一道深深的伤疤，使她成为一个丑陋不堪的女人，只有整天戴着口罩度日。

　　她说，这是报应。

第三十八章　胸前的标志

倪风的尸体被警察秘密运走了。

余桐和顾美又回到了学校。

对于倪风的事，他无言以对。

顾美又恢复了往日的光彩，她穷追不舍地问着余桐各种悬而未决的问题。

"为我点歌的人真的是他吗？"

"是的。"

"他是怎么杀人后，又从大礼堂逃脱的？"

"大礼堂楼上的窗子。"

"大礼堂里的鬼影呢？"

"打更老人的死是因为心脏病发作，白衣女鬼只是大家胡编乱造的。"

"他那受伤的腿又怎么解释呢？"

"那是装的，他的腿根本就没有摔坏过。"

"下水道里的剃刀呢？"

"那把剃刀是杨成清的，被倪风偷去用来剃别人的头发，为的是嫁祸杨成清。"

……

顾美问了一会儿突然不问了。这时，余桐看到一个戴太阳镜的女孩儿低着头从他身边走了过去。

那个女孩儿还看了他一眼。他感觉很奇怪，问顾美："那个女孩儿很眼熟。"

"她是罗亦然。"顾美说。

"她回来了？"

"是的，倪风死后第二天回来的。"

余桐转过身，发现罗亦然已经不见了，她大概是在躲避别人。

"你知道吗？学校里许多老师的工作证都丢了！"顾美突然说。

"什么时候发现的？"

"最近。谁都不知道那些工作证到底在哪里。你说会是谁干的？"顾美说。

"我不知道。"

余桐真的不知道这件事，他希望这些老师工作证的丢失最多是一种巧合。毕竟倪风已经死了，那恐怖的剃头事件根本就不会有发生的可能了。可是，那些工作证又到底在哪里呢？

他是永远也不会知道答案的。

其实，那些工作证就在倪风身上，他把二十几个工作证都用胶带缠在了自己胸前，这是警察在他的尸体上发现的。至于原因，谁也说不清。警察也不想将这个秘密公布于众……

灭罪者

出版统筹：新华先锋

出版策划：王　铭　木易雨田

特约监制：黎　靖

营销统筹：杨文璐

版权运营：刘　洋

策划编辑：黎　靖

文字编辑：黎　靖

封面设计：王　鑫

版式设计：朱明月

责任印制：李　静

天猫旗舰店

京东旗舰店

当当自营

微信公众号

投稿邮箱：tougao@cooldu.com

新浪微博：@新华先锋（免费精品好书天天送）